PANTYWENNOL

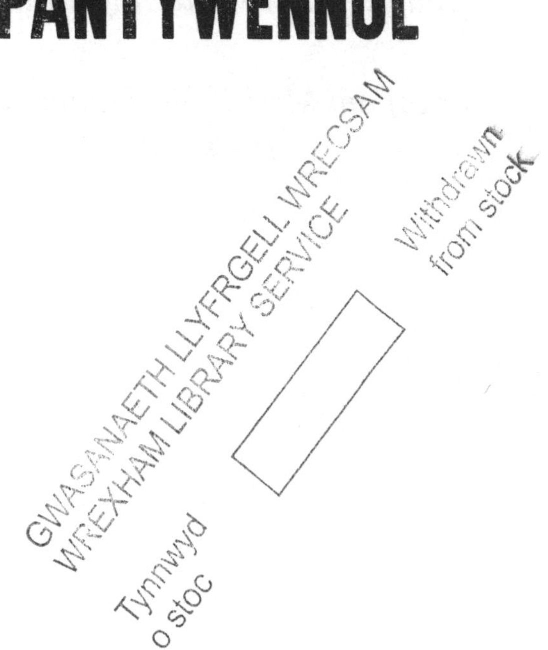

I Mam, Dad a Phil,
gyda diolch i'r Athro Angharad Price

Er cof am Meri Ifans, Llidiart Gwyn
(1859–1917)

PANTYWENNOL

Ruth Richards

Argraffiad cyntaf: 2016

Cynllun y clawr: Sion Ilar a'r awdur

Rhif Llyfr Rhyngwladol: 978 1 78461 353 2

Dymuna'r cyhoeddwyr gydnabod cymorth ariannol Cyngor Llyfrau Cymru

Cyhoeddwyd ac argraffwyd yng Nghymru
ar bapur o goedwigoedd cynaladwy gan
Y Lolfa Cyf., Talybont, Ceredigion SY24 5HE
e-bost ylolfa@ylolfa.com
gwefan www.ylolfa.com
ffôn 01970 832 304
ffacs 01970 832 782

THE PANTYWENOL GHOST. Certain doings have for some time been the almost universal theme of conversation in the neighbourhood. Most wonderful deeds were said to be performed at Pantywenol and many people actually believed that the devil or some of his commissioners had taken possession, but for what purpose was a mystery, the only work done being the cutting up of other people's clothes, no article of apparel was safe. At length the Police took the matter up and succeeded in tracing the act to the daughter of the poor woman which resulted in her being apprehended and bound over to keep the peace…

Caernarvon & Denbigh Herald, Medi 29, 1866

Dyfynnir yn *Bwgan Pant-Y-Wennol* gan Moses Glyn Jones a Norman Roberts, (Gwasg yr Arweinydd, Pwllheli, 1986), tudalen 29.

1

Bu farw Mari Ifans, Llidiart Gwyn wythnos dwytha. Heddiw glywais i. Ar y setl yn Nhanyfron, tŷ Margiad Jones, yn torri riwbob er mwyn iddi gael gneud cacan ro'n i. Daeth Twm ei gŵr i'r tŷ am damad o ginio.

"Rhen Fari Ifans Llidiart Gwyn wedi'n gadal ni."

"Rhen gyduras druan," medda finna.

Dyna fydda i'n ddeud pan fo rhywun yn marw. Hynna neu 'rhen gradur' os mai dyn ydi o. Ro'n i'n falch 'mod i ar y setl pan glywais i, gan 'mod i 'di ypsetio'n drybeilig. Collais afa'l ar y gyllall am funud, a thorrais fy mawd. Fanno ro'n i'n sugno 'mawd yn dawel tra oedd Twm a Margiad yn sôn am Mari.

Doedd neb yn gwbod be oedd matar arni. Dydi hynna ddim yn bwysig pan mae rhywun yn marw yn rhosbitol Dimbach. Rhen gyduras. Danial Ifans ei gŵr yn brolio'r gofal gafodd hi: doedd 'na'r un marc arni yn ôl y syrtifficet. Ond fedron nhw'm trwsio'i chalon hi, ac mae'n siŵr bod rhaid i Danial Ifans ddeud hynna er mwyn sbario'i galon yntau.

Roedd Margiad yn beio'r brawd am fod hwnnw'n yfad fel ŷch a gneud sôn amdano a Mari druan yn teimlo'r fath gwilydd nes iddi drio roi diwadd arni'i hun hefo cyllall a thyrpant… a finna hefo'r gyllall riwbob yn fy llaw a blas gwaed yn fy ngheg.

"Sobor o beth," meddan ni i gyd.

Wn i'm byd am y brawd, ond ro'n i'n lecio Mari, ac mi roedd hitha mor glên hefo finna. Ro'n i 'di mynd i Gapel Nant i gwarfod Diwygiad, ddeng mlynedd yn ôl a rhagor bellach, a doedd 'na ddim diwadd ar y pregethu a phobol yn paldareuo a bloeddio'r emynau fel tasan nhw'n feddw gaib. Ac mi roedd hi'n boeth, a finna'n swp sâl. Roedd Mari Ifans druan yn methu cael trefn ar y bychan. Hwnnw'n hefru dros bob man fel tasa fo am i bawb dewi. Druan bach.

A druan ohona inna hefyd, a 'mherfadd i fel tasa fo'n breuo fesul eda. Meddyliais yn siŵr y byddwn i'n llewygu neu chwdu cyn bo hir, ac er nad y fi fydda'r cynta i neud hynny mewn capal, mi wyddwn i'n iawn hefyd mai fi ddyla fod y ddwytha i neud y fath beth. Bu'n rhaid i mi fynd allan am fymryn o aer, a phawb yn tawelu wrth i mi adal, er 'mod i'n sêt pechaduriaid a 'mhen i lawr fel arfer.

Sadiais fy hun yn erbyn un o'r cerrig a phwyso fy llaw dan f'asen isa i ryddhau'r gwynt.

"Dach chi'n iawn?" holodd Mari Ifans.

Roedd hi a'r bychan wedi dod allan ar f'ôl i. Roedd hi'n gwenu'n ddel arna i, ac yn siglo'r plentyn.

"Mymryn o wynt, dyna i gyd – hithau'n boeth a'r holl bobol 'na…"

"Sobor o boeth, a dim taw arnyn nhw…"

Ffatiodd gefn y plentyn a hwnnw'n rêl boi erbyn hynny. "Ella 'sa well i chi fynd adra a gorwadd am dipyn. Wannwl, dwi'n glasu am banad…"

Roedd hi'n siarad fel lli'r afon, ryw brablu goblyn-o-ots. Clywad o'n i, nid gwrando, ei geiriau a'i gwynt yn gymysg, a'r awel fel tonic. Dyma sut mae pobol i fod siarad hefo'i gilydd.

"Gadwch i mi fynd â chi adra, rhag ofn i chi ga'l hen bwl arall ar ych ffordd…" meddai wedyn.

Symudodd ei llaw dros fy nhalcian i: "Synnwn i ddim nad oes gynnoch chi wres hefyd."

A dyma fi'n mynnu'n go bendant y byddwn i'n iawn i fynd adra ar 'y mhen fy hun, a bydda 'mestyn fymryn ar fy nghoesa'n gneud lles.

"Tydan ni'n ddwy o rai del, deudwch, Elin Ifans!" meddai.

A dyma ni'n dwy yn dechra chwerthin fel petha gwirion am hydoedd, a'r bychan yn chwerthin hefyd fel tasa fo'n chwara ji-ceffyl-bach.

Argol, mi roedd hi'n ddwrnod braf, a doeddwn i ddim mymryn gwaeth wedi cyrradd adra.

A dyna chi'r oll dwi'n wybod am yr hen Fari Ifans druan. Biti calon a hitha'n beth mor ffeind. Mae'n ddrwg gen i rŵan 'mod i wedi mynd adra mor swta. Mae'n ddigon main arna i am sgwrs fel 'na bellach. Does gen i neb yn y tŷ 'blaw am y gath a honno'n beth anniolchgar, a dwy iâr. A finna 'run mor ddwl â'r rheiny, yn eu dynwared nhw: plycio fy ngwddw a – 'Bw-www-www-www.' Taswn i'n fwy hy ar bobol, gallwn frolio fy hun a deud, "Chlywsoch chi 'rioed neb tebyg i mi am watwar cyw iâr."

"Gwna dwrw fel cyw iâr i ni eto, Elin."

"Bw-www-www-www…" A phawb yn lladd eu hunain yn chwerthin.

Ond does gen i fawr o sgwrs i neb. Porthi fydda i, nid siarad: 'Ia wir… Coblyn o beth… Biti garw…' A tydi'r sgwrs byth yn mynd llawer pellach na hynna.

Does gen i fawr i'w ddeud na'r un stori ffit i'w hadrodd, ond fel pob syrffedwr arall dwi'n un ddigon sgut am hel tai. Mae unrhyw dŷ'n fwy cysurus na 'nghwthwal i. Dwi'm 'di cael pobol ddiarth ers pan oeddan nhw'n neud y cyfri ddwytha. Daeth ryw hogyn 'cw hefo'i bapura a gofyn fy enw, oed, *occupation*.

"Sut?"

"Beth ydach chi'n wneud, Miss Evans?"

"Hel tai."

"O," medda fo'n swil, "fedrwn ni ddim rhoi hynna ar y ffurflan."

"Be fedrwch i roi, felly?"

"Os nad ydach chi'n gweithio, gallwn ddweud eich bod yn gofalu am y tŷ."

A hwnnw â'i din am ei ben, y gath yn cnoi llyg dan ei thraed, a finna heb gysgu yn y siambar ers blynyddoedd.

"Os dach chi'n meddwl 'mod i'n cael hwyl arni."

Ac mi roedd y cradur bach yn ddigon diniwad i roi hynna i lawr ar ei bapura.

Mae'n waeth yma erbyn rŵan, y blerwch yn cynyddu fel mae fy nerth inna'n pylu. Ond dwi'n ddigon parod i helpu pobol eraill hefo ryw fân betha, ac o neud hyn, dwi'n rhoi caniatâd i mi fy hun fynd i hel tai fel a fynnof. Mi a' i Danyfron a Saethon Bach yn eu tro, ac yn hytrach na hel straeon, a thynnu coes a chwerthin, mi wna i borthi, pigo coesa cwsberis, plicio tatw, brodio sana, hir bwyth brasbwyth…

Rhyfadd meddwl amdana i o bawb yn trwsio rhywbeth, ond mae'n benyd digon ysgafn. Mae'r drefn yn ddigyfnewid o Danyfron i Saethon Bach, ac mae cael mymryn o drefn yn beth cysurus.

"Sut ydach chi bora 'ma, Elin Ifans?"

"Go lew."

Yna, mi wna i osod fy hun ar y setl hefo beth bynnag sydd isio'i neud ac aros tan i'r dynion gyrraedd am eu swper. Dichon eu bod nhw 'di dod i arfar hefo mi erbyn rŵan. Dwi'n trio gora galla i fod yn fwy o absenoldeb nag o fodoli, yn meddiannu dim mwy na mymryn o'r setl. Ond mae'n siŵr eu bod nhw'n meddwl weithia – 'rhen beth yna dan draed eto'.

Pan ddaw'r amser, mi ddeuda i,

"Well i mi'i throi hi…"

"Kate," neu pa bynnag blentyn sydd wrth law, "dos ag Elin Ifans adra a hel dipyn o bricia iddi roid ar tân."

Mae'r plant i gyd 'run fath â'i gilydd, y genod a'r hogia. Does 'run ohonyn nhw'n mynnu bod yn gannwyll fy llygaid, ac mae'n sobor o anodd closio at blant ofnus. Ymhen dim, mi fyddan nhw 'run fath â'r llafna powld sy'n curo 'nrws i berfeddion nos, ar eu ffordd adra wedi bod yn potsio, neu garu. Mi ân adra'n dawel a bodlon wedi derbyn fy melltith.

Mae'r siwrna o Danyfron a Saethon Bach yn mynd yn hirach bob tro. Fiw i'r plant na finna frifo na chodymu. Dwi 'di trio sgafnu petha sawl tro – bihafio fel ryw hen ferch o fodryb iddyn nhw. Adrodd hwiangerddi, 'Lleu-ad yn o-la, plant bach yn chwa-ra…'. Tydi cynnig cil-dwrn o gyflath ar ôl cyrraedd yn da i ddim chwaith.

"Gymri di jou bach cyn mynd adra?"

"Dim diolch, Miss Ifans."

Ar dân isio gadal, a fydda i'n helpu dim ar neb pe taswn i'n deud bod arna inna ofn hefyd. Os ydi'n ola a braf, mi wna i sefyll yn y drws i weld eu bod nhw'n saff, eu cefna bach cul yn hercian drwy'r rhedyn.

Da boch chi, blantos bach. Mi fyddwch chi'n synnu deud ryw ddwrnod eich bod chi'n cofio Elin Ifans Pantywennol.

* * *

Ond Elin Ifans Tŷ Ucha'r Lleiniau ydw i bellach. Dwi 'di gadael Pantywennol ers blynyddoedd maith, croesi'r Mynydd, a gneud lle i mi fy hun rhwng y ddwy Foel. A phan dwi'n teimlo'r cyfyngder yn gwasgu arna i, caf agor fy nrws a gweld yr Aifft i'r Dwyrain a China i'r De, a smalio nad tyddynnod hen forwyr ydyn nhw, ond bod gwledydd eraill y tu ôl i'w drysau.

Mae China'n llawn o bobol bach prysur, yn golchi llestri tlws o fora gwyn tan nos. A hogia o Ben Llŷn â hiraeth am adra ym mhorthladd Shanghai yn meddwl, 'am lestri glân a del – mi a' i â rhai adra i Mam…'. Ac yn yr Aifft, mae 'na

’nialwch mawr, gyda theulu o gamelod mwyn yn gwarchod y baban Moses.

Ochor arall i’r Mynydd mae ’na dyddyn o’r enw New York, a dychmygaf dwrw ac ofn tu ôl i’w ddrws, ond does dim rhaid i mi feddwl amdano na mentro dros y Mynydd byth eto.

Dros y Mynydd dwi’n siŵr y daeth y ddynes fawr ddiarth i Saethon Bach hefo’i Blychau Cenhadol. Roedd hi’n llond y drws, yn gweiddi siarad, yn gwisgo het fawr wirion – edrach fel tasa hi ’di lluchio’r het a sodro’r bocs ar ei phen a gosod blodyn arno. Roedd hi cyn bowldied â’r blodyn.

“Wyddwn i ddim fod gynnoch chi bobol ddiarth.”

“Elin Ifans, Tŷ Ucha’r Lleinia ’di dod draw i gynnig help llaw,” meddai’r hen Annie Robaits.

A dyma’r ddynas fawr yn dod reit ata i. Wnes i ddim sbio arni.

“Rhoswch chi,” meddai hi, “nid y chi oedd Bwgan Pantywennol ers talwm?”

Mi ddeudodd arna i. Mi es adra’n fuan y diwrnod hwnnw, a’r hen Annie fel tasa hi’n dallt yn iawn. Mae’n ormod gofyn i bobol anghofio, ond mae’r rhan fwya’n gneud yn siŵr bod Tŷ Ucha’r Lleiniau yn cymryd lle Pantywennol. Ac yn hytrach na deud y gair sy’n dod o flaen Pantywennol, maen nhw’n gneud siâp ceg: ‘Bw…–gan’.

2

YM MHANTYWENNOL, MYNYTHO, y'm ganwyd i dros bum mlynedd a thrigain yn ôl, ac ni fu llecyn difyrrach na theulu dedwyddach yn Llŷn, tan i mi ddod i'r byd. Creu hen helbul i bawb wedyn. William a Gwen Ifans, fy rhieni, yn ddigon hen i fod yn daid a nain, eu teulu twt o fab a merch yn gyflawn a'r ddau yn rhagweld y blynyddoedd o'u blaenau'n rhowlio'n rhwydd fel rolyn o ruban.

A hithau'n agosáu at ei hanner cant, feddyliodd Mam 'rioed y byddai'n cael plentyn arall ac er iddi fynd i'r pot yn llwyr wrth i'w chyflwr wawrio arni, doedd hi ddim elwach o neidio na lardio na chnoi llysiau'r gwaed. Daliais fy ngafael fel pinsiwrn ac yna, pan ddaeth yr amser, trois yn gyndyn a mulu. Wysg fy nhin y dois i'r byd, yn llipryn hir ac eiddil.

"Fel ffurat, ond hyllach," chwadal fy chwaer, er ei bod hi a'i hen wyneb sur ymhell o fod yn hawddgar.

"Paid â thynnu'r hen wynab asiffeta 'na." meddai Mam wrthi droeon.

Ac o'r eiliad nabodais y cyswllt rhwng stumia fy chwaer a'r ffisig atgas, Asiffeta y galwais hi. Catrin oedd ei henw – neu, Catherine – iff-iw-plis, os oedd hi am gymryd arni i fod yn well peth nag oedd hi. Ond, mi roedd Asiffeta'n ei siwtio hi'n well, gan ei fod yn rhywbeth sy'n trio cuddio ei ffieidd-dra hefo enw crand.

Roedd Asiffeta un mlynedd ar ddeg yn hŷn na fi, ac mi roedd naw mlynedd arall rhyngthi hi a'm brawd, Emaniwel. A doedd dim angen i mi roi enw arall arno fo, gan fy mod i'n lecio fo a'i enw cymaint. Em-an-iw-el, yn codi a disgyn fel miwsig ar dafod rhywun.

Enw teulu oedd Emaniwel – Gwen Emaniwel oedd enw Mam cyn iddi briodi.

Mi driodd Leusa Tŷ Newydd godi cnecs hefo mi un tro, a deud mai hen enw Sipswns budron ydi Emaniwel. Ac mi wylltiodd Mam yn gacwn pan ddeudes i.

"Enw arall ar Iesu Grist ydi Emaniwel," meddai.

"Ydan ni'n perthyn i Iesu Grist felly?"

"Digon o waith," meddai Nhad.

"Na, Wil, mae Iesu Grist yn frawd i ni gyd."

A finna'n gweld hi'n dda arna i wedyn, hefo Emaniwel yn frawd i mi – a Iesu Grist hefyd, tasa hi'n dod yn binsh arna i.

Yn wahanol i bob llun a welais o Iesu Grist, un pryd tywyll oedd Emaniwel, y talaf a'r tw'llaf o'r teulu. Roedd ganddo wallt cyrls a locsyn clust mawr bob ochor i'w wynab. Ro'n i isio tyfu'n union 'run fath â fo, a chael locsyn clust a mynd i'r môr.

"Chei di byth," meddai Asiffeta, hefo hen olwg cystal â deud, y fi sy'n iawn gan fy mod i'n debycach i bawb arall na chdi, ac o ganlyniad yn fwy tebol i landio ar fy nhraed ryw ddiwrnod.

A hi oedd yn iawn, ond pan oedd fy mrawd adra, doedd ddim ots gen i, a wannwl, mi roedd 'na le difyr 'cw. Y byd yn llawn gwyrthia am fod Emaniwel adra o'r môr mawr, hefo marblis i mi a cotwm â bloda arno i Asiffeta.

Wyddwn i ddim i le yr âi o, ond pan mae rywun ar y môr, mae pobman a phopeth o fewn cyrraedd. Roedd y byd i gyd wedi'i fapio erbyn hynny, a dynion clyfar yn gallu gneud llonga mawr cyflym i symud trysora o un lle i'r llall. Nid bod llawer o wahaniaeth gen i am drysora, cael Emaniwel adra oedd y trysor i mi.

"Sut beth ydi bod ar y môr?"

Ac mi fyddai'n fy nhroi fi rownd a rownd wysg fy ffera, nes bod y byd i gyd yn rhuo o'm cwmpas ac yn treiddio drwydda i, a'r ddaear yn beth diarth a chaled wedi iddo 'ngollwng i.

"Ddoi di â mwnci i mi?"

"A'n gwaredo!" meddai Mam. "Ddoi di ddim â sglyfath mwnci i'r tŷ 'ma."

"Mongŵs fydda'r peth i ti," meddai Emaniwel. "Mae mongŵs yn gallu lladd y nadrodd perycla..." a Mam hyd yn oed yn gweld hyn yn beth clyfar.

"Sut beth ydi o?"

"Rhwbath go debyg i lgodan fawr ."

A Mam yn sgrechian, gan ei bod yn casáu llygod mawr yn fwy na nadrodd. Rhoddodd Emaniwel winc i mi a deud, "Hidia befo, mi dria'i gael môr-forwyn i ti. Cofia, dwi'n addo dim, maen nhw'n betha sobor o swil."

Pe bai 'na'r fath beth â môr-forwyn, gwyddwn na fyddai'n swil hefo mi. Mi fasa ni'n goblyn o ffrindia, ac mi faswn i'n mynd â hi o gwmpas mewn berfa gan na fedrai gerddad, a dangos coed a gwarthaig iddi, a hitha'n synnu cymaint ag y baswn inna'n synnu hefo'r môr.

Ond ches i 'rioed fynd i'r môr, er ei fod dan fy nhrwyn. Gallwn ei weld o ffenast llofft a'r lleuad yn sgleinio arno fo, a byddai'n llifo i'm pen ac yn lliwio fy mreuddwydion.

Sut beth ydi bod ar y môr? Sut beth ydi boddi?

Roedd Emaniwel yn gwbod popeth amdano. Gwbod pryd i ollwng angor a sut i ddaffod yr hwylia. Pan fydda fo adra ac ar dir, roedd o'n dal isio bod ar y môr. Cadwai gwch rhwyfo yn Abersoch, a byddwn yn mynd hefo fo at fin y dŵr, yn siarad ac yn holi ar gefn holi yr holl ffordd.

'Sut dywydd wnaiff hi?' Jarffio cerddad, a smalio 'mod i 'run fath â fo.

"Digon teg, ddeudwn i. Yli'r haul yn gyrru cymyla o'i flaen

tua'r gorllewin." Doeddwn i'n dallt dim. "Mae 'na wyddoniaeth tu ôl i'r hen arwyddion tywydd."

"Be goblyn 'di hwnnw?"

"Ti'n gwbod fel rwyt ti'n ffendio patrymau mewn petha? Fel rwyt ti'n dod i ddysgu fod un peth yn arwain at rwbath arall?"

Doeddwn i ddim callach.

"Os wyt ti'n gwyro i biso ynghanol dail poethion, ti'n gwbod yn iawn y gnân nhw bigo dy din di, dwyt?"

Un da oedd Emaniwel, a chwerthais a chlapio 'nwylo am ei fod mor glyfar.

"A dyna be 'di'r peth 'na roeddat ti'n sôn amdano fo?"

"Na, synnwyr ydi gwbod bod dail poethion yn pigo, mae gwyddoniaeth yn mynd i wraidd pam bod y dail poethion yn pigo."

"Pam 'u bod nhw'n pigo, 'ta?"

"Wel, tydw i ddim yn wyddonydd, ond mae'n debyg bod 'na rwbath yn y dail sy'n ffyrnigo'r croen, a job y gwyddonydd ydi ffendio be."

"Argol, ma rhei pobol isio rhwbath i'w neud!"

A dyma Emaniwel yn chwerthin gan 'mod i wedi rhoi taw arnon ni'n dau, ac ynta'n methu deud pam nac i ba bwrpas mae dail poethion yn pigo. Feddyliais inna 'rioed ofyn iddo pam fod yr haul yn gyrru cymyla i'r gorllewin yn argoeli tywydd teg.

Tydw i fawr callach erbyn rŵan. Edrychwn ymlaen at dyfu yn hŷn, a chael deud fath â Mam, 'dwi'n gwbod i sicrwydd'.

Doedd ganddi ddim sicrwydd am betha mawr fath â'r môr a gwyddoniaeth, ond mi roedd yr hyn a wyddai yn siwtio'i phwrpas hi i'r dim, a Nhad yr un fath â hi. Roedd fy mhen i'n berwi o betha a wnâi i mi holi pam, ac yn amlach na pheidio, doedd gen i 'run math o atab.

A ches i 'rioed atab i pam na chawn i fynd yn y cwch hefo Emaniwel.

"Tydi'r môr ddim yn lle i chwaer fach," a byddai'n pigo cragan neu garrag ddel o lan môr i mi roi yn fy mhocad. Ac os oedd Wil Abersoch hefo fo, bydda hwnnw'n bygwth fy machu fi fel abwyd, ac yna, ha-ha fawr dros bob man.

"Hidia befo," meddai Emaniwel.

Bydd yn well arna i fory nesa, cael macrall ne bennog, ac i frecwast os daliai o ddigon. Ond er na faswn i byth yn troi fy nhrwyn ar damad o sgodyn, gwyddwn y byddai'n ddifyrrach cael dal un.

A finna'n trio cadw caead ar fy holi a'm hefru, byddai'n gwthio'r cwch i'r môr, ei drwyn tuag at Ynys Tudwal, y rhwyfa'n llepian, a'r cwch ac yntau a Wil Abersoch yn mynd yn llai ac yn llai.

Bora wedyn, byddai ogla môr lond y tŷ, a chôt Emaniwel yn sychu ar hoelan, wedi cremstio'n wyn gyda heli. Mam yn tynnu penna a pherfeddion y pysgod, a'r holl lanast yn cael ei ollwng i'm haffla i'w wagio i gafn y mochyn, a llgada'r pysgod yn sbio i fyny arna i. Doedd 'na 'run dim gwell na sgodyn i frecwast, hwnnw'n hallt a chrimp o'r badall, yn arwydd fod Emaniwel adra, a phawb yn hapusach ac yn fwy hafin nag arfar.

Byddai Mam fel peiriant yn gneud cêcs cymysg, a tamad i'w gael hefo pob panad. Roedd Asiffeta'n taeru y gallai fyw ar gêcs, a Nhad yn deud, 'Hwda, ta…' a rhoi ei damad cacan iddi, gan fod yn well ganddo fo ei frechdan, dwy dafall hefo bara ceirch yn y canol.

Un cyndyn o orfoleddu oedd fy nhad. Pob Dolig, pob Gŵyl, bob tro bydda Emaniwel adra, byddai'n lapio'i hun yn dawel yng ngharpia ei ddedwyddwch, rhag i'r chwerthin ddod yn ôl i'w sbeitio. Ac yntau'n cnoi ei frechdan yn bwyllog, byddai Mam yn cnewian,

"Paid ag edrach mor anniolchgar, Wil!"

"Tydw i ddim."

A doedd o ddim chwaith. Doedd o byth yn anniolchgar. Os oedd rhywun yn anniolchgar, Asiffeta oedd honno. Ac os o'n i'n draffath i bawb, mi roeddan ninna i gyd yn draffath iddi hitha. Rhoddwyd iddi ryw ysfa am bopeth na allai Pantywennol ei gynnig. O edrach yn ôl rŵan, bron nad oedd gen i biti drosti, gan fod ei dymuniadau mor daer ac eto mor anobeithiol. Ond wir, oedd rhaid iddi fwrw'i chythral arna i fel y gnath hi?

"Catrin, cadwa Elin yn dawal i mi am dipyn."

A dyna un o'm hatgofion cynharaf, trio denyg oddi wrth fy chwaer, a baglu.

Yna, byddai'n fy machu, fy mhlygu fel cynfas dros ei braich a'm cario i'r beudy a'm sodro ar stôl.

"Yli golwg arnat ti mewn difri." Byddai'n sbio'n sur arna i wedyn, a'i phen ar osgo, cyn mynd i'w phocad i nôl, Duw a'm helpo, ei chrib.

"Paid-â-gwingo!"

Byddai'n tynnu fy ngwallt nes bod fy mhen i ar dân, yna byddai'n ei blethu'n dynn, ac yn gwthio llygaid y dydd a bloda menyn a chlofar drwy'r brodwaith.

Gan fy mod i'n rhy ddel i symud ar ôl hynny, byddai'n dysgu Susnag i mi: *Mamma… Pappa… Piggy-wiggy…*

Wrth i mi brifio, cefais fwy o lonydd ganddi, a throdd ei sylw at drio cael trefn ar ei hen wallt llipa'i hun, ei blethu, a'i gyrlio a sticio pwysi o binna ynddo. A finna'n ei phryfocio, deud ei bod fath â draenog, a fasa neb yn gallu closio ati, hyd yn oed tasan nhw isio. Hitha'n cogio deud bod ganddi well petha i'w gneud na rhoi peltan i mi. Er na fu 'rioed ar ei hôl hi o 'mhinsio fi.

Yr unig un oedd yn gwerthfawrogi ymdrechion fy chwaer oedd ei ffrind anwylaf yn y byd i gyd, Lora Wilias, *Lady's Maid*

Plas Nanhoron. Os rwbath, mi roedd honno'n wirionach fyth, ond mi roedd hi'n glyfar iawn yn nhyb Asiffeta, gan ei bod hi'n ddel ac yn dwt fel ladi-dol ac yn gallu siarad llond ceg o Susnag.

Ar bnawn Sul byddai Lora'n hel ei thraed 'cw cyn i mi fynd i'r Ysgol Sul i ddysgu darllan am Iesu Grist a chael fy waldio. Byddai rhaid i mi sefyll ar y cowt, yn gwitsiad am Lora. Roedd gan Lora ofn neidio i lawr o ben y llwybyr pen clawdd, a byddai rhaid i mi nôl ystol iddi. Welais i neb 'rioed yn gwisgo cymaint o beisia ag roedd Lora, ac mi roedd yr ystol yn goblyn o stryffâg iddi a hitha'n methu gweld ei thraed yn eu canol nhw. Wedi iddi landio ac ysgwyd ei pheisia, byddai Asiffeta'n cythru o'r tŷ i'w chyfarch:

"Laura, *dear*!"

"Catherine, *dearest*!"

Ac yna byddan nhw'n swsian fel petha gwirion, cyn mynd i'r tŷ am banad a lladd ar bobol am fethu bod cyn ddelad â nhw. Roedd y ddwy fel cythreuliaid am *novels*, ryw hen lyfrau gwirion oedd y rheiny, am genod yn disgyn mewn cariad, a mynd i drwbwl ac yna'n marw'n ddel heb orfod poeni am y babi. Neu mi roeddan nhw'n cael bai ar gam am rywbeth neu'n cael eu cipio gan ddynion drwg.

"Wn i ddim pam dach chi'n llenwi'ch meddylia hefo'r fath sgoth, wir," meddai Mam.

Un Sul, daeth Lora â phresant i Asiffeta, a chlywsoch chi 'rioed y fath dwrw, a'r *dears* a'r *dearests* a'r swsian yn ddigon â chodi pwys ar rywun. Ffi-shŵ oedd yr anrheg. Choeliach chi byth – tamaid o lian oedd o, a hwnnw'n rhy fawr i fod yn hancas bocad ac yn rhy fach a thila i fod yn siôl. Gosodwyd o'n barchus ar y bwrdd, ac Asiffeta'n ei fodio ac yn tuchan drosodd a throsodd,

"O, del... o'r lês... o'r brodio..."

"Be mae o'n da?" gofynnodd Mam, ac Asiffeta hefo golwg dwi'n gwbod be dwi'n neud arni yn ei blygu'n ofalus, ei lapio am ei gwddw ac yn ei gau hefo pin.

"Dew," meddai Nhad.

"Rhaid i mi gael broetsh i roid yno fo," meddai Asiffeta, ond hyd y gwn i, chafodd hi 'rioed froetsh.

Deuai'r ffi-shŵ allan bob Sul, ac ar fy ffordd o'r Ysgol Sul, byddwn yn gweld Asiffeta a Lora fraich ym mraich yn mynd am dro i ddangos i bawb mor smart oeddan nhw. A hogia'r pentra'n chwerthin am eu penna, methu dallt be oedd genod fel 'na'n da.

Wrth ymyl Winllan Siop, byddai Lora'n ei throi hi am Nanhoron ac Asiffeta am adra.

"Gw-bei, Lora," meddai Asiffeta ar ei hôl hi, gan fflantian ei hances er mwyn dangos bod honno'n berffaith lân ac i sbario iwsio gormod ar ei braich, am wn i.

3

Ychydig ar ôl i mi droi'n ddeg oed, bu farw fy nhad, a bu'n brofedigaeth neilltuol o egar i mi. Un tawedog oedd fy nhad, ond argol, collais pob un o'i fân ddywediada. Roedd ei – 'Dew… duwcs… paid â berwi…' yn gweithio arnon ni i gyd fel 'A-wo, hidia befo'. Yn ein cysuro rhywsut mai i'r un peth y daw hi yn y diwadd – un arall o'i ddywediada. A gan ei fod wedi deud hynna gymaint, doedd neb yn meddwl ryw lawar am ystyr y peth. Ond wedi i'r un peth ei gyfarch ynta yn y diwadd, teimlais mor isal, gan fy mod yn grediniol bod mwynder fy nhad yn ein cadw ni'n saff, ac yn ddigon i godi cwilydd ar Angau, pe bai mor bowld â chamu dros ein rhiniog.

Mis Tachwedd oedd hi. Roedd fy nhad wedi mynd i weithio, Mam ac Asiffeta yn y tŷ a finna yn y beudy'n smalio darllan – sbio ar y llunia yn llyfr mawr *Gweithiau W Williams Pant y Celyn.* Roeddwn i'n edrach ar lun o dair angal yn chwara hefo ruban oedd yn deud GLORIA IN – rwbath – DEO, ac yn constro be oedd y rhwbath a be oedd ystyr y geiria eraill. Yna clywais sŵn trol yn dod o gyfeiriad Tŷ Newydd.

Es i ddrws y beudy i weld. Roedd Asiffeta yn nrws y tŷ hefyd, a Mam druan yn llawn busnas, yn camu ar draws y buarth i gwarfod y drol. Daeth Now Jôs Oerddwr ati, a rhoddodd ei law ar ei hysgwydd, a disgynnodd hitha i'r llawr, fel tasa pob llinyn yn ei chorff wedi torri 'run pryd. Yna rhoddodd waedd, a dobiodd lawr y buarth hefo'i dyrna a'i phen.

Rhedodd Asiffeta ati, hitha'n beichio hefyd. Sefais inna yn

nrws y beudy, gan wybod fod rhwbath mawr ac ofnadwy wedi digwydd.

Aethpwyd â'm tad i'r tŷ, ac aeth Now Oerddwr draw i nôl Siani Parri i helpu i'w ymgeleddu cyn i ni fynd i'r siambar i'w weld. Es i mewn law yn llaw hefo Asiffeta a hithau bellach yn ddigon tyner wrthyf yn ein galar. Nhad druan: roedd o'n welw a golwg arno fel tasa fo'n dal ei wynt. Er nad dyna a'i lladdodd o, wrth gwrs.

Roedd Mam fel cysgod, a sobor o beth oedd gweld dynas mor debol yn fflat fel 'na. Doedd cael cymaint o bobol yn mynd a dŵad fawr o help iddi. Rheiny'n sefyll o gwmpas,

"Mi welodd oedran da, Gwen Ifans."

A hitha'n gafa'l yn ei locad fel gefail, ac yn dod ati'i hun am funud, "Dim digon o'r hannar."

Tra oedd hyn i gyd yn digwydd, roedd Asiffeta'n tendio'r teciall a Siani Parri'n mynd a dŵad o'r ffynnon gan fod 'na gymaint o bobol a'r rheiny isio cymaint o de. Finna'n gneud dim ond sbio, methu crio hyd yn oed. A phawb yn deud, "Mae'r hogan fach yn rhyfeddol o dda."

A finna'n gwbod yn iawn mai'r gwrthwynab oedd yn mynd drwy eu meddylia nhw. Pawb yn mynd drwy eu petha, ac yn baglu drosta i. Es i'r beudy i ddarllan y Beibil, gan fod hwnnw'n gysur meddan nhw.

"Be ti'n neud yn fan 'ma ar ben dy hun?" gofynnodd Siani Parri.

"Dim byd."

"Darllan y Beibil? Dyna hogan dda."

"Tydw i ddim yn hogan dda."

"Ti'n darllan y Beibil ac yn mynd i nôl negas i mi."

Dyma'r hen Siani'n ista wrth f'ymyl i, a rhoi ei braich amdanaf, a finna'n rhwbio 'ngwynab yn ei siôl. Mi roedd honno'n gras ac ogla bwyd ieir arni.

"Mi fydd petha'n well ar ôl y cnebrwn, gei di weld."

A hen sglyfath o ddiwrnod oedd hwnnw. Y bora'n gyndyn o wawrio, a ninna ar ein traed ac yn troi'n wag. Asiffeta'n poeni am ei bonat yn y glaw, ac yna'n cofio, "O, be sy haru fi'n deud y fath beth!"

A Mam yn tuchan arni, fel nionyn yn ei siôl a'i chêp fawr, er bod y tân yn rhuo.

Gan fod fy nhad yn un mor glên, mi roedd yn goblyn o gnebrwn mawr hefo mwy na llond y tŷ, a Now Oerddwr wrth y drws yn gofyn i bobol sefyll ar y buarth.

Fel roedd y caead yn cael ei osod ar wyneb fy nhad, daeth gwaedd o'r buarth, a ninna'n dychryn drwyddon ni. Roedd chwa o wynt wedi cipio hetia pob un o'r dynion ar y buarth yn glir oddi ar eu penna.

"Iawn iddyn nhw am fod mor amharchus," meddai Rolant Cremp, gan ei fod o, yr hen dderyn corff, wedi dod yna o flaen pawb a gosod ei hun wrth y tân.

Flynyddoedd wedyn, roedd pobol yn dal i sôn am y gwynt a'r hetia, ac yn tybio ei fod yn arwydd o'r helbul a ddaeth wedi hynny. Ond cofiwch chi hyn, yn y tŷ ro'n i, heb fath o ots am yr un het. Sut aflwydd oedd disgwyl i mi roi ordors i'r gwynt beth bynnag?

* * *

Roedd hi'n Noswyl y Nadolig cyn i Emaniwel allu dod adra. Rhwng y cnebrwn a'r Dolig bu'r tair ohonan ni'n rhythu ar ein gilydd fel pobol ddiarth, llithro o un diwrnod i'r nesa, heb nac angor nac unlle i'w gollwng. Ac yna, cyrhaeddodd fy mrawd, hefo'i bac mawr ar ei gefn, gŵydd dan ei gesail a llond pocad o gnau. Teimlai'n gas ynglŷn â dod a gŵydd i gartra galarus.

"Rhaid i ni beidio ag anghofio'i bod hi'n Ddolig," meddai Mam.

Ac er bod yr ŵydd druan yn edrach mor ddigalon â'n Dolig ni, roeddan ni'n ddigon balch ohoni.

Edrychai Emaniwel yn wahanol, roedd ei locsyn clust wedi asio rownd ei ên yn farf fawr, a honno'n sgwâr fel rhaw. Dwi'n cofio meddwl, 'Argol, ma hwn yn hen i fod yn frawd i mi...' Ond, roeddan ni i gyd yn teimlo'n hen y noson honno, a Mam am unwaith yn agos i'w lle pan ddeudodd, "O, dwi'n beth sâl."

Roeddan ni i gyd yn ista wrth y tân a hitha'n dawal tu allan. Ella'i bod hi'n bwrw eira fel oedd hi'n arfar gneud ers talwm. Dwi'm yn cofio. Roedd Mam yn pluo'r ŵydd a'r plu'n disgyn yn ara bach, a finna'n eu pigo rŵan ac yn y man a'u rhoi mewn sach. Byddai Emaniwel yn torri ambell gneuan i Asiffeta a finna, a pheth rhyfadd oedd gneud rhwbath mor hwyliog â byta cnau. Dyna'r tro cynta i mi gael aros ar fy nhraed yn gwrando ar bobol mewn oed yn siarad.

"Waeth iddi aros ddim," meddai Emaniwel wrth Mam. "Wneith hi ddim ond ein holi ni'n wirion yn y bora."

A rhoddodd winc i mi.

Am bres roeddan nhw'n sôn, a wyddwn i ddim fod Mam yn poeni cymaint yn ei galar.

"Does raid i'r un ohonoch chi boeni dim," meddai Emaniwel, ac o'i bocedi tynnodd drysorau gwell na'r cnau: pres i dalu'r rhent a thamad o bapur. Cribodd Mam ei bysadd drwy'r pres.

"Mae 'na hen ddigon," meddai o.

"Ond, 'y machgan bach i..."

"Does gen i neb ond y chi'ch tair. A dim ond i chi edrach ar ôl y tŷ, cael mochyn, a buwch ne ddwy, mi fydd hi'n iawn arnan ni i gyd."

Y tamad papur oedd y peth mawr i Emaniwel. Craffodd Mam arno.

"Ryw hen sgwennu aflwydd."

Bachodd Asiffeta'r papur.

"Susnag."

"Fy *Mate's Certificate* ydi hwnna," a phawb yn sbio'n wirion arno. "Mi ga i fwy o gyfrifoldeb a chyflog o hyn ymlaen, ac ella, rhyw ddwrnod, y ca' i fynd yn Gapten."

"Capten!" meddan ni i gyd ar draws ein gilydd.

"Mae gen inna fwriad hefyd," meddai Asiffeta. "Dwi am gael *position* yn Nanhoron hefo Lora."

"Dei di ddim i weini ar grach," meddai Emaniwel, "a finna'n morol nad oes raid i ti."

"Mae 'na fyd o wahaniaeth rhwng gweini ar ffarm a mynd i *service.* Mi fydd yn addysg i mi, ac mi wnaiff lle fel Nanhoron werthfawrogi hogan fath â fi."

Doedd 'na ddim cymodi rhwng fy mrawd a'm chwaer, a gan ein bod ni i gyd yn ddigon digalon fel roedd hi, dyma finna'n deud mewn hwyl:

"Ac mae Wil Abersoch yn fodlon fy mhrynu inna fel abwyd!"

Ac er bod hon yn jôc sâl, dyma pawb yn chwerthin am y tro cynta ers hydoedd. A finna'n meddwl 'run pryd, ai dyna'r oll dwi'n da?

Ar ôl chwerthin, mi aeth pawb yn ddistaw, dim ond sŵn y cloc mawr a hwnnw fel tasa fo'n dod â'r holl amser ynghyd i bwyso ar ein penna ni.

"Dew, mae'n Blygain," meddai Emaniwel, gan fodio'i locsyn.

A Mam yn deud, 'Plygain' ar ei ôl o, fel tasa fo'n rwbath mawr a rhyfadd.

Ac yna, dechreuodd Emaniwel ganu. Roedd Asiffeta a finna'n canu hefyd, a Mam yn chwifio'i llaw o ochor i ochor:

"I ti agorwyd ffynnon

A ylch dy glwyfau duon
Fel eira gwyn yn Salmon…"
(ac ella mai dyna pam ro'n i'n meddwl ei bod hi'n bwrw eira)

"Fel yr wyt!"

Ar ôl i ni ganu, aethon ni gyd i'n gwlâu yn teimlo fel tasan ni 'di dechra mendio ryw fymryn.

Ar ôl y Dolig, es i ag Emaniwel i weld bedd fy nhad ym mynwent eglwys Llanengan. Mi roedd y siwrna mor wahanol i gerddad at lan y môr ers talwm. Teimlais yn sobor o unig, a gafaelais yn llaw fy mrawd, a gwasgodd ynta fy llaw inna.

"Rhaid i ni gyd fod yn ddewr a thyfu fyny, rŵan."

"Ond mi rwyt ti wedi tyfu fyny."

"Wyddost ti fod ein meddylia a'n heneidia yn parhau i brifio ymhell tu hwnt i'n cyrff?"

Ac o glywad hyn, bron nag y gallwn deimlo meddylia ni'n dau yn tyfu a thyfu nes eu bod yn tywallt o'n clustia ac yn llifo i'r môr a chael eu golchi mhell, bell o Fynytho, hyd ben pella'r byd a thu hwnt i amser. Teimlwn 'run fath â phan o'n i'n fach, ac Emaniwel yn fy nhroi fi rownd a rownd.

"Lle 'di'r pella fuost ti 'rioed?"

"Gad i mi weld – Llundan, dwi'n meddwl."

"Ro'n i'n meddwl dy fod ti'n mynd â thrysora rownd y byd."

"Ydw. Llechi a glo ydi'n trysora ni, ac mi fydda i'n mynd â llechi i bobol Llundan ac Abertawe a Chaerdydd er mwyn iddyn nhw gael toeau uwch eu penna, ac yn dod â glo i Port i'n cadw ninna'n gynnas."

Gwelodd Emaniwel 'mod i'n siomedig.

"Mae'n llawer saffach hwylio rownd Ynysoedd Prydain. Mewn busnas, y peth i 'nelu amdano ydi gneud cymaint o *brofit* ag sy'n bosib hefo cyn lleied o *risk*."

Doeddwn i 'rioed wedi styriad fod rhai darna o'r môr yn beryclach na'i gilydd. Soniodd Emaniwel am foroedd stormus yng nghyffinia De America, ac am longa'n cael eu lluchio o un graig i'r llall.

Digon hawdd oedd ei ddychmygu'n gapten, gyda'i locsyn mawr sgwâr. Mi ddeudodd Lora hyd yn oed ei fod yn '*handsome* iawn yn ei *whiskers*' ac Emaniwel druan yn cochi a finna'n chwerthin am ei ben o.

Chwara teg i Lora hefyd, bu'n dda iawn hefo ni yn y misoedd ar ôl ein profedigaeth. Ddeuai hi byth draw yn waglaw ar ôl i ni golli Nhad. Byddai ganddi dorth neu gacan afal pob Sul.

"Presant o Nanhoron."

"Dew," meddai Mam, "ma pobol Nanhoron 'na'n betha clên."

"*Gentlefolk* ydyn nhw," meddai Asiffeta.

* * *

Blwyddyn drom sy'n cychwyn wrth nodi'n ddyddiol pryd mae'n tw'llu er mwyn cael deud – dew, ma'r dydd yn 'mystyn – a hitha'n fis Ionawr. Dyna chi sut y cychwynnodd Mam a finna'r flwyddyn ar ôl colli Nhad ac ar ôl i Emaniwel fynd nôl i'r môr hefo'i *Mate's Certificate.* Ond mi roedd Asiffeta'n llgadu arwyddion eraill.

Byddai'n holi Lora bob Sul sut i fihafio hefo pobol fawr; be oeddan nhw'n wisgo a sut i startsio a smwddio lliain a lês ffein. Clywsom bob math o betha gwirion gan Lora; mi ddeudodd un tro fod y merched crand yn gwisgo weiars dan eu sgerti er mwyn cael cwmpas.

"Peryg bywyd," meddai Mam. "Fflantian peth fel 'na o flaen tân. A dwi'n poeni amdanoch chitha hefyd, Lora – hefo'r holl beisia 'na."

"Dwi 'di hen arfer â'r *crinoline.* Y tric ydi symud yn araf a gosgeiddig."

Araf a gosgeiddig; gallwn weld Asiffeta'n drymio'r geiria i'w phen er mwyn cael rhoi tro arni yn y llofft pan fydda hi'n meddwl 'mod i'n cysgu.

Ac fel y byddai Mam a finna'n codi'n clonna gyda phob mymryn o oleuni a ddeuai o ddydd i ddydd, byddai cynlluniau a gorwelion Asiffeta a Lora'n ehangu o Sul i Sul. Roedd bryd Lora bellach ar rwla crandiach na Nanhoron, ac mi ddeudodd y byddai'n morol y byddai Asiffeta'n cael ei hen swydd hi. A lle bynnag symudai Lora, byddai'r ddwy yn gallu gweld ei gilydd bob Sul fel arfar, gan fod y *railway* ar fin cyrraedd Pwllheli.

"Mi gawn ni gyfarfod yn rhywle neis fel *Barmouth,* a chael te ar y *promenade…* A does 'run rheswm pam," meddai Lora'n ofalus, "na chawn ni'n dwy *positions* yn Llundain, ryw ddiwrnod."

Ddeudodd Mam 'run gair, ond twtian o bryd i'w gilydd. A thrwy'r amser, ro'n inna'n meddwl am y trên yn dod i Bwllheli hefo twrw mawr a fflagia. Wyddwn i ddim pa mor fawr oedd y trên na sut roedd o'n gweithio. Tydw i fawr callach hyd heddiw, a does gen i mo'r galon i fynd yn ôl i Bwllheli. Hyd y gwn i, welodd Asiffeta 'rioed mo Lundan chwaith. Ac ella na welodd hi mo'r Bermo hyd yn oed.

* * *

Daeth Lora draw ryw Sul a golwg druenus arni. Ac yn hytrach na dod ar hyd y llwybyr pen clawdd fel arfer, daeth i fyny lôn Tŷ Newydd. A finna'n sefyll ar cowt am hydoedd yn aros amdani, cyn mynd i'r tŷ gan weiddi,

"Wn i'm lle ma'r hen Lora wirion 'na heddiw."

Roedd Lora yn y tŷ o 'mlaen i'n eistadd ar gadar fy nain hefo clustog dan ei phen ôl a phanad yn sgytian yn ei llaw. Peth ofnadwy oedd gweld hogan smart fel 'na a'i gwallt hi ym mhobman.

"Hidiwch befo, Lora fach."

"Ma 'i ar ben arna i."

Roedd Asiffeta ar y setl, ei chefn fel pocar a'i cheg yn dynn fel tin iâr.

"Be sy 'di digwydd?" gofynnais.

"O Elin fach – ma 'i ar ben arna i. Dwi 'di cael fy hel o Nanhoron, a dwi'n ôl hefo Mam, a honno'n gwrthod siarad hefo mi."

A wyddwn inna ddim be i ddeud chwaith.

"Well i mi orffen y te 'ma a'i throi hi."

Phwysodd Asiffeta ddim arni i aros. Cododd Lora a mynd at y drws.

"Catrin!" meddai Mam.

Cododd Asiffeta a'i cheg yn dal yn dynn a'i llygad fel rhwbath 'di marw ac aeth hefo Lora at y drws.

"Wel, gw-bei, Catherine, *dearest*," gydag ystum i'w swsio, ond symudodd Asiffeta 'run bonsh, ond i agor y drws iddi.

"Wel, mi a' i, ta…" meddai Lora'n wylaidd, heb sôn dim am y Sul wedyn.

"Gw-bei, Lora."

A chaeodd Asiffeta'r drws.

"Be sy haru ti?"

Ond ddaeth Mam ddim pellach, a gafaelodd yn fy llaw i. Roedd Asiffeta â'i chefn at y drws fel tasai'n sownd iddo, a golwg y cythral arni. A'i safn fel ci cynddeiriog, tynnodd ei ffi-shŵ a dechra 'mosod arno. Bu wrthi am hydoedd, yn gneud ryw hen dwrw chwyrnu rhyfadd, ac yna rhwygodd y defnydd. Ac mi roedd sŵn y ffi-shŵ'n rhwygo fel ochenaid o ollyngdod, fath â rhwbath yn denyg.

Roedd Asiffeta wedi llithro i lawr ar hyd y drws ac ar ei chwrcwd yn sgrechian a hewian, rhwygo, ac yna sgrechian a hewian eto, nes bod y ffi-shŵ'n rhubana a'i llais yn wich.

"Gad lonydd iddi," meddai Mam yn ddistaw.

A heb sbio arnan ni, cododd fy chwaer, stiffio'i chefn unwaith eto, ac aeth i'r llofft yn arafach ac yn fwy gosgeiddig na fasa hi byth wedi gallu, petai'n trio.

Cawsai Lora ei dal yn mynd allan i dytshio ym monat a bodis y feistres, a chollodd ei safle.

Rhen gyduras, doedd dim arall iddi neud ar ôl hynna ond priodi ag un o'r hogia a arferai chwerthin am ei phen, a threuliodd weddill ei dyddia'n torri chalon ar dyddyn, fath â phawb arall.

4

MI RO'N I yn Saethon Bach diwrnod o'r blaen. Gwrando, porthi, plicio ac mi roedd rhywun odani'n arw ganddyn nhw. Un o'r bobol ifanc ochor draw i'r Mynydd, mae'n siŵr.

"Pwy mae hi'n feddwl ydi hi'n swancio o gwmpas yn yr hen het fawr Badan-Pŵal 'na?'

'Dyn a ŵyr, ond ma isio torri'i chrib hi."

A heb wybod, rhoddais ebwch.

"Dach chi'n iawn, Elin Ifans?"

"Rhen stumog 'ma," medda fi'n ddigon sgut.

"Panad wnaiff ei setlo hi..."

Dros fy mhanad, meddyliais be nath i mi wingo wrth iddyn nhw sôn am dorri crib. Gwelais rwbath coch ac egar yn stillio gwaed. Ac mae'n waeth i berson nag i geiliog. Rhaid hollti, rhwygo a thyrchu cyn torri'n criba ni. Wn i ddim os ydi o fel bwyall drwy ben ynta erfyn drwy berfadd; tydi o mo'r fath o boen mae rhywun yn gallu'i leoli.

Ymhen dim, ro'n i'n fi fy hun eto – ryw hen bwl gwirion ges i. Pur anamal fydda i'n eu cael nhw bellach. A gobeithiwn y byddai'r hogan het Badan-Pŵal yn cael swancio cyn hirad ag y dymunai, heb 'run llithriad na cham gwag.

Teimlwn fy hun yn bendithio ryw hen drwyn o lafnas fach – dyna chi dda, yndê, bobol? A lledodd gwên drwydda i o waelod fy mherfedd.

"Y banad 'na wedi gneud lles i chi, Elin Ifans."

"Do, panad dda."

Peth cynta mae rhywun yn neud ar ôl cael torri crib ydi

cuddiad ac osgoi pobol. Dwi'n dallt hynny erbyn rŵan, ond wyddwn i ddim be goblyn haru Asiffeta wrth aros mor gaeth i'r tŷ ar ôl busnas rhwygo'r ffi-shŵ.

Bore trannoeth, roedd ar ei thraed yn gynnar ac wedi dechra golchi cyn i neb godi. Ac felly y bu hi wedyn – fel peiriant yn mynd o gwmpas gwaith y tŷ, "Steddwch, Mam, dwi'n ddigon tebol."

Rhoddodd sglein a startsh ar bopeth, nes bod y tŷ yn rhedag fel watsh, neu fel rhyw Nanhoron bach, tlodaidd.

Ni wyddai neb yn iawn be oedd ar ei meddwl hi. A'i surni'n lluchio rhyw hen gysgod hyd y tŷ, dyma Mam yn deud wrthi ryw ddiwrnod: "Tasa cymeriad ac asgwrn cefn dy frawd gen ti, mi fasat ti 'di martsio at ddrws Nanhoron i ddeud dy fod ti'n dallt eu bod nhw'n chwilio am forwyn newydd."

"Na, Mam, mi roedd Emaniwel yn iawn, adra 'di'n lle fi."

Yn dawal bach, mi blesiodd hyn Mam i'r eitha, gan ei bod yn tybio'i bod yn beth sâl ar ôl colli Nhad, a bod ei dyddia hitha'n prysur ddirwyn i ben. Ond, mewn gwirionedd, roedd Mam fel casag, a gwelodd hirach oes na 'run o'i phlant. Nid 'mod i wedi marw eto, wrth gwrs, ond wannwl, o'i chofio hi 'run oed â finna rŵan, mi roedd hi fel hogan.

Wrth i brysurdeb ffyrnig Asiffeta ganiatáu i Mam lacio'i gafa'l ar waith tŷ, manteisiodd ar y cyfla i fynd i'r capal yn amlach. Wrth iddi gael blas ar y lle, doedd fiw iddi golli 'run bregath, cwarfod gweddi na chymanfa. Ac wn i ddim be oedd hi'n gael o fynd mor selog, a hitha'n methu darllan yr emyna na dilyn pregath. Taerai bob Sul iddi gael pregath dda, ond y gwir amdani oedd y basa hi 'run mor barchus o benbwl ag y byddai o John Elias, cyn belled â'i fod o yn y pulpud a'i ddillad yn sobor a'i stumia'n ddiymatal.

Ella mai mynd i'r capal gadwodd Mam yn iach ac yn gry, ac a oleuodd ei phylia tw'llaf.

"Pan ddaw y dydd," meddai, "mi fydda i'n barod am fy Marnwr." A dychmygais Mam druan ar flaen y rhes y tu allan i'r Nefoedd, yn ei siôl a'i chêp, yn gwybod i sicrwydd y byddai'n cael yfflwn o groeso gan y Bod Mawr.

Mae 'na lun o ddau lwybyr yn festri Capal Nant, un yn mynd i'r Nefoedd a'r llall at ddinas a honno ar dân. O'r ddau, dwi'n cymryd mai ar fy mhen i'r Tân Mawr yr af i. Ond hen lun gwirion ydi o. Dwi 'di meddwl sawl tro be ddeuda i pan fydda i o flaen fy Marnwr, ac yntau'n taranu:

"SBIWCH AR YR HOLL FARCIA DUON 'MA YN ERBYN EICH ENW, ELIN IFANS. BE SY GYNNOCH CHI I DDEUD?"

A bydd rhaid i mi luchio fy hun o flaen Ei Draed a deud: "Wn i'm be ydi'u hannar nhw, o Dad Trugarog, gan fy mod i'n rhy ddwl."

Wn i'm byd be fedra i neud ond deud y gwir.

Mae'n fy nharo fi bellach fod Mam wedi ffendio'i ffordd yn y byd. Ei bod fel trên yn pydru mynd hefo rêls dan ei 'lwynions. A doedd Asiffeta ddim yn troi'n wag chwaith. Y fi oedd ar goll, yn troi yn f'unman, heb ddim i'w neud na'i gyfrannu. Mae hyn yn wir hyd heddiw. Ffendiais i 'rioed mo'n ffordd; methais weld y llwybyr llydan yn llun festri'r capal hyd yn oed.

Ond ro'n i'n rhy ifanc i styriad dim ond bod a breuddwydio. Roedd Emaniwel yn gneud digon i'n cynnal ni i gyd. A bu cystal â'i air. Ymhen tair blynedd wedi claddu Nhad, daeth yn ôl hefo syrtifficet arall, yn deud wrth bawb ei fod yn Gapten. Daeth â honno mewn ffrâm, a chafodd ei gosod ar silff ben tân i'n siarsio ni i gyd ein bod ni bellach yn barchus. Roedd gan Emaniwel gôt ddu hefo colar felfat erbyn hynny, a wasgod â tsiaen a het galad. Bu rhaid i Mam ista i lawr a chrio o'i weld o'n edrach mor smart.

"Mae'n siŵr ein bod ni'n codi cwilydd arnat ti a ninna mor dlodaidd," meddai Asiffeta.

Gwylltiodd Emaniwel, gan ddeud bod tlodi'n beth anrhydeddus i'r cyfiawn, a Mam yn ei borthi fel wn i'm be – injan borthi, am wn i. Ond mae'n siŵr bod Asiffeta'n llygad ei lle a bod eitha golwg arnan ni.

Ychydig wedyn, cafodd Emaniwel fenthyg cart a cheffyl i fynd â ni i Bwllheli i gael dillad newydd. Dyna oedd diwrnod gora 'mywyd i.

Roedd y cart a'r ceffyl yn ddigon o sioe, a finna wedi gwirioni hefo'r ceffyl, gan ei fod mor ddel a bonheddig, yn sgleinio fel cneuan. Codais fy llaw ar bawb er mwyn gneud yn siŵr eu bod wedi'n gweld ni. Ac Asiffeta'n sbio arna i fel hen neidar, ond yn deud dim. Mi gawsom fwyd a phwdin cyreints ar lestri glas a gwyn mewn lle mawr wedi'i leinio hefo pren tywyll.

"Pnawn da, Capten," meddan nhw wrth Emaniwel yn y siop ddillad, gan neud i ni i gyd deimlo'n berffaith gartrefol. Daeth hogan fach ddel 'run fath â Lora i'n mesur ac i'n helpu ni i ddewis defnyddia.

"*Bombazine* fydda'r gora ar gyfer *mourning*," meddai wrth Mam. "Dyna fydda dewis y Frenhines."

"Rhen gyduras," meddai Mam yn llawn cydymdeimlad.

Cafodd Asiffeta bais â weiran ynddi a dewisodd ffrog wlân ysgafn o goch tywyll, hefo *braiding* du, heb fawr o feddwl byddai'n rhaid iddi neud tro fel ffrog briodas. Gan fy mod i'n llai na neb, ac isio llai o ddefnydd, mi ges inna felfat llwyd.

"Dwyt ti ddim isio lliw sioncach?" gofynnodd Mam.

Ac Asiffeta'n ychwanegu, "Mi 'drychi di fel hen dwrch yn honna."

"Na," meddai hogan y siop, ac Asiffeta'n gneud stumia tu ôl i'w chefn. "Mae'r *young lady* yn gwybod be mae hi isio."

Dyna'r tro cyntaf i neb fy ngalw fi'n *young lady.* Ac er iddyn nhw neud y ffrog yn un swydd i mi dyfu fewn iddi, doedd 'na ddim prifio na phesgi arna i, a synnwn i ddim na fasa hi'n fy ffitio fi rŵan.

Roedd Mam yn poeni ar ein ffordd adra ein bod ni'n difa 'mrawd druan, ond mynnodd ynta fod popeth yn iawn, gan ei fod ar fin gneud *sound investments*.

Daeth yr esboniad y tro nesa daeth Emaniwel adra, hefo dau lun mewn fframia pren hefo ymyl aur.

"O, llonga del," meddai Mam "Ar rheina ti'n hwylio?"

"Gwell na hynna, mae gen i siârs ynddyn nhw. Fi sy pia nhw, Mam, wel, rhan ohonyn nhw beth bynnag."

"Pa ran?"

"Rhan o'r *profit*. Mi ddown nhw â phres i chi bob tro maen nhw'n hwylio."

Dyna beth clyfar.

"Mae'r llong yma hefo'r un enw â fi!" A gwasgodd Asiffeta un o'r llunia i'w mynwes: "*Anne Catherine*."

Meddyliais inna'n siŵr mai Elin oedd enw'r llall, ond, na: *Princess of Wales*. Mi bwdais ac es i'r beudy yn fy hyll. Ymhen tipyn, daeth Emaniwel ar f'ôl i.

"Sut ma'r Dywysoges?"

"Paid â chrafu…"

Dechreuodd siarad am y môr, gan wybod y byddai hynny'n siŵr o blesio, a dyma fo'n gofyn oeddwn i'n gwybod mai Tywysoges Cymru oedd ystyr *Princess of Wales*.

"Doedd 'na 'run llong o'r enw Elin ar gael," meddai. "Os sychi di dy drwyn…" pasiodd ei hances i mi, "mi fasa ti'n reit debyg i Dywysoges yn dy felfat llwyd."

Es yn ôl i'r tŷ hefo Emaniwel, a deud wrth Asiffeta:

"Mae Emaniwel yn deud mai fi 'di Tywysoges Cymru!"

"Tywysoges ben doman."

Argol, roeddan ni'n betha plentynnaidd.

Mae llun y *Princess of Wales* yn dal gen i: bachodd Asiffeta yr *Anne Catherine*. Tynnais y llun oddi ar ei hoelan y diwrnod o'r blaen, a bu'n rhaid i mi ei sychu hefo 'mrat cyn y gallwn weld y tonna bach gwynion yn cyrlio rownd y llong. Meddyliais mor braf fydda bod ar ei bwrdd a chael blas yr heli bob tro byddwn i'n llyfu 'ngheg. Ac wedyn meddyliais am Emaniwel a'i holl bres, a'r gobaith y bydda'r llonga'n cynnal ei ddwy chwaer. Un o'r rheini'n chwerw ac anniolchgar, a'r llall yn fwgan – beth bynnag ddiawl 'di hwnnw.

5

HEN LARBEUDYN O rwbath oedd Huw Wilias y crydd. Roedd diffyg graen a sglein arno, a hynny o ran natur a gwedd. Edrychai fath â rhwbath wedi ei naddu o ddeunydd calad hefo cŷn heb ei dempro. Tasa 'na'r fath beth â dyn plaen, Huw fydda hwnnw.

Gan fod ei weithdy a'i lojins yn Siop Ganol, roedd yn gymydog i ni: fo'n byw ar un pen i'r llwybyr pen clawdd a Siani Parri'r pen arall. Er bod Siani mewn oedran mawr ac yn hen ffasiwn fel jwg, byddai wedi bod yn llawar gwell i mi hel â hi yn hytrach na Huw Crydd.

Ond, roedd o'n un anodd i'w 'sgoi gan ei fod wedi cymryd arno i edrach ar ein hola ni, a ninna'n llond tŷ o ferchaid parchus. Prin yr âi diwrnod heibio na ddeuai draw, wedi syrffedu ar ei glocsia ac ar lwgu.

"Oes 'ma bobol?"

Ac Asiffeta'n rhowlio'i llgada cystal â deud 'Be ma'r hen larbad yma isio eto?' Er bod yr atab yn amlwg wrth iddo halffio ein bwyd a thrio tynnu ar Asiffeta, a honno'n tycio dim.

"Mi wnei di wraig dda i rywun, Catrin…"

Hitha'n sbio arno heb na gwrid na phiffiad, heb ddirmyg, hyd yn oed.

"Hogan dda 'di Catrin," meddai Mam, "ond does ganddi'r un awydd priodi, nag oes Catrin?"

"Hy," meddai hitha'n swta, gan fwytho Miss Pwsi (y gath, meddyliwch mewn difri) ac edrach yn bwdlyd ar bawb, yn rêl hen ferch.

Roedd Mam wastad yn siarsio fy chwaer i fod yn gleniach hefo Huw:

"Tydi o ddim yn ddrwg o beth cael dyn i gadw golwg arnan ni tra mae dy frawd ar y môr, ac ma'i galon o'n lle iawn. Dwi'n meddwl mai unig ydi'r hen gradur…"

"Ydach chi'n synnu?" meddai Asiffeta.

Doedd 'na fawr o fanteision o gael Huw dan draed. Wyddai fo mo'i nerth, a chyn wiriad ag y byddai'n trio helpu o gwmpas y tŷ, byddai'n siŵr o falu rhwbath; torri llestri neu sodro caeadau'n ôl yn rhy galad fel nad oedd neb yn gallu eu hagor wedyn. A chan fod petha fel 'na'n amharu ar rediad y tŷ, byddai Asiffeta'n ei hel allan, a Mam yn trio cadw'r ddysgl yn wastad wedyn, a deud,

"Dos i nôl dŵr i ni o'r ffynnon, Huw bach…" neu, "Helpa Elin nôl y fuwch i'w godro."

A dyna chi sut y digwyddodd i mi, yn fwy na neb arall, gael y gora o gwmni a doethineb Huw Crydd. Mae'n siŵr bod rhaid i grydd fod yn beth llawdrwm ac yntau'n trin lledar a phren drwy'r dydd, felly chafodd o fawr o hwyl ar odro chwaith, gan na fyddai'r un cradur byw yn fodlon cael ei thrin mor galad ganddo.

"Rho'r gora i hambygio'r fuwch druan, Huw," a gwthiais o o'r ffordd a'i godro fy hun.

Gan fod Huw yn fwy cartrefol mewn beudy nag yn y tŷ, byddai'n pwyso ar gefn y fuwch fel tasa honno'n giât a chadw cwmni i mi tra byddwn i'n godro. Digon gwamal a disylw oedd ei sgwrs, ryw hen glwydda a gorchast, a phwy oedd yn wael ac am farw nesa.

Tua diwedd mis Hydref, dechreuodd godi bwganod, a gan fod y dydd wedi dechra byrhau a finna'n godro wrth ola lamp, mi roedd hyn yn beth difyr rhywsut. Mi ro'n i isio difyrrwch, gan ei bod yn hen amser mor ddigalon, a'r tywydd yn f'atgoffa o'r amsar y collais fy nhad bedair blynedd ynghynt.

"Mi fydd hi'n Galan Gaea cyn bo hir," meddai Huw. "Sbrydion yn cadw reiat meddan nhw…"

"Fedar ysbryd ddim cadw reiat, paid â bod yn wirion."

"Medran siŵr. Be ti'n feddwl sy'n digwydd i'r holl betha 'na ti'n golli? Sbrydion sy'n eu dwyn nhw."

"Be fasa ysbryd yn neud hefo hancas bocad?" medda finna.

"Dim. Ond mi fasa'n hwyl ei dwyn hi a'i chuddiad hi, a chwerthin am ben rhen Elin flêr 'na 'di colli'i hances."

"Fasan nhw byth yn gallu gneud hynna. Maen nhw'n rhy brysur yn canu emyna yn y Nefoedd, neu yn y Tân Mawr, a'r diafol yn nadu iddyn nhw ddenyg."

"Ella fod 'na rai sydd ddim yn y Nefoedd nac yn Uffern, ac ella'u bod nhw'n llgadu'u cyfla i gael mymryn o hwyl ar Galan Gaea."

Fedrwn i ddim rhoi'r gora i feddwl am sbrydion wedyn, roedd fel petai rhwbath yn cosi tu mewn i 'mhen i. Meddyliais sut beth ydi bod yn ysbryd: gallu fflio drwy amsar a thoddi drwy walia, a neb yn ych gweld chi, nes i chi feddwl codi ofn ar rywun a deud how-di-dw. Wannwl, mi fasa hynny'n hwyl.

"Welaist ti ysbryd, 'ta?" gofynnais i Huw ar ôl noson Calan Gaea.

"Naddo," meddai'n bwyllog.

"Rwdlan oeddat ti felly, yndê?"

"Welais i ddim. Ond mi gafodd Robin Fawr uffarn o sgeg…"

"Tydi hwnnw ddim hannar call."

"Na, ma Robin yn sglaig. Clyfrach peth na fi o lawar."

Dywedais inna ei fod yn feddwyn.

"Wel, mae'r hen Robin yn lecio'i gwrw… Ella mai chdi sy'n iawn. Ella mai meddwl ei fod o wedi gweld rhwbath nath o."

"Be welodd o, Huw?"

"Na, wedi meddwi oedd o. Ma cwrw'n gallu chwara tricia."

A dyma Huw yn sbio arna i am yn hir cyn deud y stori.

"Ti'n gwbod llidiart Cae Sarff ar bwys Lôn Gefn? Wel, mi roedd Robin isio croesi'r cae ar ei ffordd i Sgubor Fawr, ac mi sylwodd fod 'na horwth o ddyn yn sefyll wrth y llidiart. Ac yng ngola lleuad, gallai Robin weld ei fod o'n gwisgo het dri chongol – fath ag oeddan nhw'n arfar 'u gwisgo ers talwm – a bod ganddo fo wallt hir, a hwnnw'n flêr."

Aeth arswyd drwydda i.

"Beth bynnag i ti, mi agorodd y dyn mawr y giât iddo, a dyma Robin yn codi'i lamp i ddiolch a gweld pwy oedd o… ond doedd ganddo fo ddim gwynab…"

Ac fe'm gwasgwyd gan rwbath tebyg i ddwrn mawr rhewllyd. Es ymlaen i odro, gan sbio ar y stên, rhag ofn i Huw weld 'mod i 'di cael sgytiad.

"Dim byd ond düwch. Fel y fagddu," meddai Robin.

"Rwdlyn," medda finna.

Mi wyddwn i'n iawn fod Huw yn un clwyddog, fel bydda fo'n brolio'i hun yn waldio hogia Pwllheli wrth Asiffeta a honno'n deud 'Paid â'u palu nhw, be ti'n feddwl ydw i?' A'r noson honno, mi faswn i 'di rhoid y byd am gael bod yn debycach iddi hi.

"Wyt ti 'di gweld ysbryd erioed, Catrin?" gofynnais pan oeddan ni yn y gwely.

"Taw wnei di."

Tra oedd Asiffeta'n cysgu'n braf, gorweddais inna'n llonydd fel corff mewn mynwant a 'mhen yn fy myta fi'n fyw. A'r peth rhyfadd oedd mai nid ofn sbrydion oedd arna i o gwbwl, ond yn hytrach, roedd gen i ryw biti cynddeiriog drostyn nhw.

Cyduriad bach heb ddim i'w neud, heb hyd yn oed Dân Mawr i'w cnesu na diafol i falio dim amdanyn nhw. Neb yn eu nabod na'u cofio, a nhwtha wedi hen anghofio pwy oeddan nhw hefyd, gan nad oedd ganddyn nhw wyneba bellach. Ac mi ddeudes i 'mhadar dair gwaith y noson honno, yn y gobaith cawn fynd i'r Nefoedd fath â Nhad.

Mi ro'n i'n iawn bora wedyn. Roedd powlennad o uwd yn ddigon i dynnu fy sylw oddi ar farw a'r meirwon. Penderfynais mai un dwl oedd Huw, heb grefydd na gwyddoniaeth. Heb synnwyr i ofyn pam, na'r gwyleidd-dra i dderbyn nad oedd diban holi. Teimlwn ryw hen wenwyn annymunol tuag ato: na fydda rhaid i'r hen labwst golli'r un winc o gwsg yn poeni am ddim, cyn bellad â bod ei gafn yn llawn a'i ben yn wag.

Rhoddais bwl ar fod 'run fath ag Asiffeta, a bod cyn syched a di-hid ag y gallwn i hefo fo: "Paid, Huw... Paid â siarad mor ryff, wnei di." Ond er i mi ddynwarad fy chwaer hyd ora fy ngallu, roedd Huw 'run fath yn union hefo mi.

"Be sy haru ti heno'r hen drwyn?"

Ceisiais ei anwybyddu.

"Pam dy fod ti mor sur a snaplyd, y diawl bach?" Ac mi nes inna wynab gan fod o 'di deud diawl. "Croen dy din di ar dy dalcian..."

"Rho'r gora iddi, Huw, dwi'm isho clywad y fath iaith!"

Chwarddodd am fy mhen i, a gwylltiais inna:

"Fasat ti byth yn meiddio siarad fel 'na hefo'n chwaer i."

A sobrodd Huw am funud.

"Mae Catrin yn wahanol, ma hi'n *lady*..."

"Ledi Cachu Rwtsh!"

"O – y fath iaith!" A dyma fo'n lladd 'i hun yn chwerthin, gan ei fod wedi cael y gora arna i. Pwdais inna, a deud dim, tan iddo ynta ddechra cnoni.

"Ti 'di pwdu, do?"

Gwgais arno. Gorffennais odro a gwagiais y llefrith o'r stên.

“Wn i sut i dy gael di i wenu… Oes gen ti oglas, tybed?” A cythrodd Huw tuag ata i, a’i fysadd yn gwingo.

“Rho’r gora iddi, Huw!”

Ond doedd Huw yn gwrando dim. A phe bawn i’n chwerthin, fasa fo’m ’di ’nghlywad i gan ei fod yn chwerthin cymaint ei hun: rhyw hen hy-hy-hy lloerig. Gwingais o’i afa’l o, gan faglu a syrthio ar fy hyd. Roedd Huw yn dal i chwerthin, ac aeth ar ei gwrcwd, gan wasgu cosi dan fy ngheseilia i.

Cofiais be ddeudodd Emaniwel wrtha i am neud os oedd dyn yn trio cymryd mantais. Wyddwn i ddim yn iawn be oedd hynny, nac ychwaith os mai dyna be oedd gan Huw mewn golwg, ond ciciais fy sawdl cyn gletad ag y gallwn i rhwng ei goesa. Rhoddodd Huw waedd a stopiodd ei gosi.

Roedd o’n rowlio ar wastad ei gefn a’i ddwylo wedi fferru dros ei falog.

“Asu… Asu… Asu…”

Ac mi ro’n inna isio chwerthin.

“Paid byth â gneud hynna eto,” medda fi, fath â Mam yn deud y drefn.

Roedd Huw fel brechdan, a rhoddodd ochenaid hir cyn codi ar ei ista, rhwbio’i ben a griddfan eto. Sbiais yn syn arno, gan feddwl, be dwi ’di neud? Mi roedd rhywun wedi mynd yn rhy bell, ond wyddwn i’m pwy, na be fydda’n digwydd nesa.

“Mae’n ddrwg gen i,” meddai Huw rhwng ei ddwylo. “Nei di fadda i mi? Nei di plis fadda i mi… Wn i’m be ddaeth drosta i.”

“Wyt ti’n gaddo peidio gneud hynna eto? Well i ni anghofio, felly.”

A dyna’r oll oeddwn i isio. Doedd dim modd dadneud petha, ac felly anghofio fydda’r gora, er ’mod i’n gwbod y bydda hynny’n anodd hefyd. Cododd Huw ar ei draed, ac estynnodd ei law.

"Dan ni'n ffrindia?"

Wyddwn i ddim ein bod ni'n ffrindia. Doeddwn i 'rioed wedi styriad bod gen i ffrind o gwbwl.

Gafaelais yn ei law. Fedrwn i'm meddwl be arall i'w neud.

6

"OES GEN TI rasal?" gofynnodd Huw i mi. "Meddwl basa rasal hen ŵr dy dad yn dal o gwmpas; sbario i mi fynd yn ôl i Siop Ganol."

Doeddwn i'n lecio dim ar y ffordd roedd o'n galw Nhad yn 'hen ŵr' na'r ffaith ei fod yn rhy ddiog i bicio adra. Yn fwy na hynny, doeddwn i'm yn lecio meddwl ei fod mor gartrefol ym Mhantywennol i styriad siefio 'cw.

"I be ti isio rasal, dywad?"

"Isio rhoi dipyn o siêf i Pigi-Wigi." Pigi-Wigi oedd enw pob mochyn fu ym Mhantywennol, diolch i Asiffeta.

"Paid ti â thwtsiad yn Pigi-Wigi!"

"Ryw binsiad bach o flew dwi isio – dyna'r oll. Fedri di gadw'n ddistaw?"

"Medra."

"Am ddal ffesants dwi."

A dyma finna'n chwerthin.

"O wel, os nad wyt ti isio ffesant. Bwyd y byddigions ydi ffesant, a'r hyn sydd o fantais i bobol gyffredin fath â ni ydi'u bod nhw'n betha dwl drybeilig."

"Dylach na chdi, hyd yn oed, Huw?" Ond doedd yfflwn o ots gan Huw ei fod o'n ddwl.

"Faswn i ddim mor ddwl â byta rhwbath fasa'n fy nhagu fi, ond mi fasa ffesant. Dwi am roid blew Pigi-Wigi drwy heiddan fel ei fod yn pigo allan bob pen. Daw'r ffesant draw a'i halffio ac yna tagu'n gelan."

A heb feddwl dim be fasa'r hen gradur yn 'i feddwl pe bai o'n fyw, es i nôl rasal fy nhad. Siefiais flew o wegil y mochyn, a hefo pin fy siôl, gwasgais y blew drwy ddyrniad o haidd. Argol, mi roedd o'n waith anodd, ond doedd Huw hefo'i ddwylo mawr a'i fysadd tewion yn da i ddim.

"Mi fydda i'n disgwl ffesant gen ti ar ôl hynna."

* * *

Wannwl, peth da 'di ffesant hefo platiad o fwtrin a grefi wedi'i neud hefo dŵr moron.

"Diolch i ti, Huw bach, ti'n gwbod sut i edrach ar ein hola ni," meddai Mam ar ôl i ni glirio'r bwyd.

"Peidiwch â diolch i mi, Mrs Ifans – Catrin 'ma nath y boliad."

Roedd llgada Asiffeta'n culhau wrth glywad y gair boliad, a finna wedi 'mrifo na ches i na Pigi-Wigi unrhyw glod.

"Lle gest ti'r ffesantod?" gofynnodd Asiffeta.

"Hidia di befo," meddai Mam. "Rhoddodd y Bod Mawr ffesants ar y ddaear i borthi Ei holl dylwyth."

A gan fod cydwybod fy mam yn glir ar y mater, ddeudodd neb yr un gair am botsio. Er ei fod yn amlwg i bawb mai dyna'r unig ffordd fasa Huw yn cael ei facha ar fwyd y byddigions.

Anghofiais bopeth am y rasal. Er cwilydd i mi, mae'n debyg mai ar y Sul bûm i'n helpu Huw hefoi'i ddryga, gan mai ym mhocad fy ffrog felfat y dois i ar ei thraws. Ar y ffordd i'r capal hefo Mam oeddwn i. Mae'n siŵr 'mod i mewn ryw hwylia addolgar y diwrnod hwnnw, gan mai pur anamal byddwn i'n mynd i Gapal Newydd bellach. Roeddwn i wedi rhoi'r gorau i'r Ysgol Sul ers talwm. Roedd plant eraill yn fy ngalw fi'n Elin-nychfagu, a finna'n eu waldio nhw, a chael fy waldio'n ôl yn waeth. Tra âi pawb arall adra'n dwt a pharchus, byddwn i'n gleisia ac yn gripiada drostaf, ac wedi maeddu neu falu fy nillad.

"Ti'n ddigon â chodi cwilydd arnan ni," meddai Asiffeta. Ond doedd hi byth yn mynd yn agos at gapel, gan fod Capal Newydd ar dir Nanhoron.

Ddeudes i ddim am y rasal.

Roedd Margiad Tŷ Newydd a'r genod, Mari a Leusa'n cerddad adra 'run pryd â ni.

"Gadwch i'r rhei ifanc 'ma fynd o'n blaena ni," meddai Margiad Richard wrth Mam. "Maen nhw'n sioncach na ni'n dwy, ac mae'n siŵr y byddan nhw isio sôn am lafna."

Ro'n i'n bedair ar ddeg erbyn hynny, ond doedd gen i 'run awydd sôn am lafna na gneud dim â genod Tŷ Newydd. Hen betha sbeitlyd a brwnt oeddan nhw.

"Sut ma dy frawd ti, Elin?" gofynnodd Mari.

"Mae o'n gapten erbyn rŵan."

"Capteiniad yn gneud pres, tydyn?" meddai Leusa. "Gallu prynu ffrogia melfat i'w chwiorydd a lluchio pres ar ferchaid..."

"Taw, Leusa," meddai Mari hefo hen wên slei.

Ac mi ro'n inna isio holi, ond wnes i'm meiddio.

"Wel," meddai Leusa fel taswn i ddim yna, "dwi 'di clywad ei fod o'n lluchio'i bres ar ferchaid."

"Na, Leusa, gan dy fod ti'n mynnu sôn am y peth, tydi o ddim yn lluchio'i bres ar ferchaid."

Diolch byth, meddyliais, ond trodd Mari'n filain:

"Lluchio'i bres ar un ddynas mae o. Dynas o Ynys Enlli."

Tynnodd Leusa stumia, fel tasa rhywun wedi cynnig pry genwair iddi. Ddeudes inna ddim, er 'mod i'n teimlo fel tasa'r ddwy wedi 'ngollwng i mewn i grochan berwedig.

"Ond, dyna ni," meddai Mari'n hunangyfiawn, "ddyla rhywun ddim gwrando gormod ar ryw hen straeon gwirion."

A dyma'r ddwy yn chwerthin, cydio ym mreichia'i gilydd a chodi sbîd, a finna hyd hwch ar eu hola. Cofiais am y rasal yn fy mhocad. Tynnais hi allan, ei hagor, a rhoddais ddau rwyg sydyn i gefn eu sgerti. Sylwon nhw ddim, gan eu bod yn chwerthin yn braf, wrth weld eu hunan yn glyfar.

"Oes gan Emaniwel gariad?" gofynnais i Mam.

"Mae o'n ddyn yn ei oed a'i amsar. Synnwn i ddim."

Dyna'r oll oedd ganddi i'w ddeud, a doedd gen inna mo'r galon i ddeud wrthi am y ddynas o Ynys Enlli, nac ei fod o'n lluchio pres ati.

Ac wedi ei phledu, be oedd o'n neud wedyn? Ei goglas hi?

"Os briodith Emaniwel, mi fyddwn ni'n dlawd."

"Twt lol," meddai Mam, "rho dy ffydd yn Rhagluniaeth. Pwy a ŵyr na fyddi di ne Catrin wedi priodi rhywun cefnog cyn hynny."

Roedd ei ffydd mewn Rhagluniaeth yn ddi-ben draw, o styriad nad oedd Asiffeta byth yn gadal y tŷ. A finna wedyn, fyddwn inna ddim yn cyfarfod â neb, neu cyn wiriad ag y byddwn i, mi fyddwn dan draed rywsut.

Soniais i 'run gair wrth Huw am gariad Emaniwel, ond gofynnais iddo sut betha oedd pobol Ynys Enlli.

"Ma' nhw'n ryw frîd ar wahân rywsut," meddai ynta.

Ac er i mi holi, ches i fawr o syniad sut yn hollol oeddan nhw'n wahanol i bawb arall. Heblaw eu bod nhw'n paentio'u dillad hefo tar ac yn cuddio'u pres mewn ogofeydd. Daeth llun i'm meddwl o'r ddynas druan yn byw mewn ogof ac yn gwisgo côt ddu ac ogla rhyfadd arni. A dan y gôt, dychmygais fod ganddi gynffon arian hardd.

Ac felly'n union yr arhosodd hi yn fy meddwl, gan i mi glywad dim mwy amdani. Roedd cariad fy mrawd mor annirnad â'r tonna.

Ond doedd gan Huw ddim awydd sôn am Ynys Enlli na'i phobol y diwrnod hwnnw.

"Glywaist di am Mari a Leusa Tŷ Newydd?"

Am unwaith, roedd gen i syniad be fydda'n dŵad nesa, ac i guddiad fy ngwrid, smaliais edrach drwy rai o lyfrau'r beudy.

"Eu sgerti wedi rhwygo'n shwrwd Sul dwytha."

"Tydi honna'n fawr o stori."

"Na, ond wyddon nhw ddim sut. Rhwygiada mawr yn nhin eu sgerti."

Sbiais ar y llyfr oedd yn fy llaw. Llyfr Dic Aberdaron, chwedl Mam. Wn i ddim ai Dic Aberdaron oedd bia fo, yntau Dic Aberdaron fyddai'r unig un fasa'n gallu'i ddallt o. Roedd 'na lun o hen ŵr hefo locsyn, mewn ffrog laes a'i law dan ei ben ar y blaen, ac mi roedd pob llythyran o'r sgwennu'n ddiarth i mi.

"... A dyma finna'n deud wrth Mari...Wyt ti'n gwrando arna i? Ti'n gwbod be ddeudes i wrth Mari am fod 'na rwyg yn nhin ei sgert?"

"Na wn i."

"Rhaid i ti beidio â rhechan mor galad!"

Wannwl, mi roedd Huw yn meddwl bod hynna'n beth doniol. Roedd o'n ei ddybla ac yn waldio'i lunia hefo'i ddwylo. Diolch i'r drefn, meddyliais inna, ei fod yn rhy ddwl i holi mwy ar Mari a'i fod wedi anghofio bod gen i rasal. Roedd golwg siomedig arno nad o'n inna'n rowlio chwerthin.

"Hei," a bachodd lyfr Dic Aberdaron, "be sy mor dda yn hwn felly?' Sbiodd ar y llyfr gan grychu'i dalcian. "Be ydi o? Llyfr codi sbrydion?"

"Ia," medda finna.

"Dew," a phasiodd y llyfr yn ôl i mi. "Ti'n gallu'i ddallt o?"

"Ron bach."

"Paid â'u rhaffu nhw. Tydi hwnna ddim yn Gymraeg nac yn Susnag."

"Mae o'n reit debyg i Susnag, ond bod y llythrenna'n wahanol. Dwi 'di arfar hefo nhw erbyn rŵan."

Edrychodd Huw arna i'n amheus.

"Sut gest ti afa'l ar lyfr codi sbrydion?"

"O," medda finna, gan ddechra cael hwyl arni, "mi roedd 'na ddewin yn arfar byw ym Mhantywennol ers talwm, ac mi guddiodd y llyfr yn beudy."

Bachodd Huw y llyfr unwaith eto, a'i agor ar hap.

"Darllena hwnna i mi."

"Os darllena i hwnna, mi neith dy bidlan di droi'n ddu a disgyn i ffwrdd."

"Iesu, well i ti beidio felly…" Yna, dechreuodd chwerthin eto. "Uffar bach drwg – yn tynnu arna i fel 'na."

Ond synhwyrais fod Huw yn ddistaw bach isio fy nghoelio i.

"Yli, mi 'na i ddarllan rwbath arall 'ta. Rwbath neis. Gad i mi weld…" A rhedais fy mys i lawr y tudalennau, gan stopio'n sydyn. "Ia, hwn, dwi'n meddwl. Ma hwn yn beth neis iawn."

"Be ydi o?"

"Fiw i mi ddeud, ond pan ddigwyddith 'na rwbath neis i ti, mi fyddi di'n gwbod mai'r sbrydion sy'n gyfrifol. Well i mi sefyll ar stôl i neud hyn."

Estynnodd Huw y stôl odro, gan chwerthin iddo'i hun, a deud mai un garw o'n i.

Codais fy llaw gyfochor â 'mhen, a gan swnio cyn bwysiced ag y gallwn, dechreuais siarad rhwbath, rhwbath, gan fynd i hwyl a llafar ganu fath â phregethwr.

"CONGLYNI PO FFASTAR SO GRWPAN EFF TWBLO RIBLOGI CATINAT SO BWBARI SIMATRO…"

Neu rwbath fel 'na. Argol mi roedd hi'n anodd dal ati a gneud yn siŵr nad o'n i'n gneud yr un twrw drosodd a throsodd, a morol wedyn 'mod i'n sbio ar y llyfr drwy'r amsar.

"BOBO NADW TATAN-O!" medda fi ar y diwadd, gan

obeithio na fydda Huw yn meddwl bod y gair dwytha'n swnio'n sobor o debyg i datan.

Sbiais ar Huw, ac mi roedd tatws ymhell iawn o'i feddylia. Edrychai fel petai'n dyst i wyrth, er mae'n debyg bod darllan yn wyrth ynddo'i hun i'r hen Huw.

"Dew, un dda w't ti, er dy fod ti'n hen sarffas fach glwyddog."

"Wel," medda finna, er mwyn cadw 'nghefn, "Tydw i fawr o fistar arni eto – gawn ni weld."

Roedd Huw yn chwerthin am fy mhen i, ac fel arfer, mi fasa hynny wedi 'ngwylltio fi, ond yn lle hynny, dymunais i rywbath neis ddigwydd iddo, a hynny'n reit fuan.

7

Mam oedd y gynta i mi glywad yn sôn am fwgan. Rhyfadd, a hitha'n gymaint o ddynas capal.

"Roeddan ni hefo nhw ar eu ffordd o'r capal dydd Sul, doeddan, Elin a welson ni ddim byd. Ma'r peth yn ddirgelwch mawr i mi."

"Iawn i'r ddwy ohonyn nhw," meddai Asiffeta.

"Paid â bod mor surbwchaidd, Catrin. Maen nhw'n genod del a da. Mae 'na ryw gythral ne fwgan gwenwynllyd tu ôl i'r peth, ddeudwn i."

A gan i mi ddod adra hefo fy ffrog yn un pishyn am unwaith, roedd hi'n amlwg nad o'n i'n ddel nac yn dda.

Rhoddodd Asiffeta gythral o beltan i mi hefo'i llwy bren am gytuno â'r fath beth.

O wrando ar sgyrsia pobol Mynytho radag hynny, mi fasach chi'n meddwl ei fod o'n rhyw le diddigwydd. Siaradai pawb yn ddiddiwadd am y tywydd a'r tymhora, fel tasa ganddyn nhw ddim byd gwell i'w wneud na gwatsiad y flwyddyn yn llusgo'i chylch. Ac yna, fel ambell gneuan mewn cacan gymysg, byddai'r un petha'n digwydd i bawb yn eu tro. Priodasa'n rheidrwydd, genedigaetha'n fwrn a chnebryna'n cadarnhau mai'r un fydda'r stori i bawb. Wir i chi, mi roedd pawb am y gora'n brolio mor feichus oedd eu bywyda, ac yn osgoi sôn dim am eu dryga na'u cega nac am ddim fydda'n dod â phlesar.

Doedd neb ar ei hôl hi o weld bai wrth gwrs, ond yr un rhai oedd yn cael eu beio, nes i hynny hefyd droi'n ddiflas yn y pen draw. Bu'r rhwygo dillad yn rhyddhad i bawb, yn rhwbath newydd i sôn amdano, a gwell na hynny, wyddai neb pwy na be i'w feio. Dros y misoedd canlynol, daeth y mwyafrif i gytuno â Mam mai rhyw fath o fwgan oedd yn gyfrifol. Huw oedd yr unig un i dybio mai rhechfeydd oedd ar fai.

Roedd hwnnw fel silidon, a soniodd o ddim am lyfr Dic Aberdaron. Ond, mi ro'n i'n barod i fachu ar fy nghyfla i edliw yn sgil unrhyw beth neis fydda'n digwydd, er bod hynny'n beth ddigon prin ym Mynytho.

Ac yna, yn rhyfeddol, digwyddodd 'na rywbeth neis i Huw.

"Ti isio gweld rhwbath difyr? Ty'd i'r beudy i gael gweld yn iawn. Dwi'm yn meddwl y basa fo'n plesio dy fam na dy chwaer."

"Be sgin ti, ta?"

"Mae o yn fy mhocad i."

Gallwn weld fod gan Huw rwbath ym mhocad ei gôt, ond roedd yn gyndyn o ddeud be ydoedd, ac i sbario holi, estynnais fy mys i'w dwtsiad. A dyma bocad Huw yn gwingo nes i mi neidio, a Huw yn chwerthin am fy mhen i.

"Wyddost ti beth 'di hwnna?"

"Na wn i…"

"Huwcyn."

Roedd gen i ofn erbyn hynny, a dychmygais rwbath bach hyll, a hwnnw'n rhychiog a moel. Palfalodd Huw yn 'i bocad.

"Dyma chdi Huwcyn.'"

Roedd yn gafael mewn cyw sgwarnog, a hwnnw'r peth dela welais i 'rioed.

"Ga i roid o-bach iddo fo?"

A dyma Huw yn rhoi'r cyw sgwarnog yn fy nwylo, ac mi roedd o'n feddal a chynnas fel melfat. Wrth i mi roi o-bach iddo, rhoddodd y gora i wingo, a rhwbiais fy moch yn ei flew. Er ei fod wedi dod o bocad Huw, mi roedd 'na ogla da arno, fel ogla ben bora cynnas o wanwyn, a hitha'n ganol gaeaf.

"Lle gest ti o?"

"Troi fyny nath o, ar gowt Siop Ganol, yn berffaith ddof. Dwi'n rhoi llefrith gafr iddo fo… Dew, mae o'n dy lecio di…"

"Deudes i y basa 'na rwbath neis yn digwydd, do?

"Mi fydd yr hen Huwcyn yn neis iawn wedi i mi besgi dipyn arno'n barod i Catrin ei roid yn y popty."

"Paid ti â meiddio deud y fath beth, Huw Crydd, ne mi fydd hi ar ben arnat ti. Cofia di mai nid sgwarnog cyffredin 'di Huwcyn, ac mai drwy swyn y doth atat ti. Tasat ti'n rhoi tro yn ei wddw fo, mi fasat ti'n tynnu holl rym y sbrydion ar dy ben."

Wrth i hyn wawrio ar Huw, tawelodd, ac er ei fod yn horwth o ddyn mawr, mi roedd bellach yn llwyr dan ddylanwad hogan bedair ar ddeg a chyw sgwarnog.

Synnais braidd fod Huw wedi llyncu fy stori, a'i fod wedi dychryn cymaint. Heblaw iddo fygwth lladd Huwcyn, digon o waith y baswn i 'di gneud cymaint o ddialedd y sbrydion.

Doedd fiw i Mam nac Asiffeta ddod i wybod am Huwcyn, neu mi fasa'r 'sglyfath peth' yn y popty ar ei ben. A fedrwn inna mo'i achub gyda'm clwydda am lyfr Dic Aberdaron na'r swyna smala. Mi fasa Asiffeta wedi gweld drwy honna, gan fod mwy yn ei phen hi na Huw. Ac felly, fedrwn i neud dim ond ymweld â Huwcyn a gobeithio y byddai Huw yn edrach ar ei ôl.

Os cawn i fymryn o amsar i mi fy hun yn y bora, byddwn yn mynd draw i Siop Ganol hefo dyrniad o ddail a chlofar i Huwcyn, a'i watsiad o'n dawnsio. Os chwifiwn fy llaw uwch ei ben, byddai'n neidio a throi rownd yn yr awyr cyn landio'n ôl yn 'run lle'n union. Weithia, byddwn yn rhoi Huwcyn yn fy nghesail a mynd â fo am dro i'r caea, gan adael Huw i regi dros ei glocsia.

Teimlwn fy nghalon yn llamu wrth weld Huwcyn yn dawnsio a neidio a rhedag o gwmpas. A doedd o byth yn meddwl denyg, hyd yn oed pan fydda 'na sgwarnogod eraill o gwmpas. Ro'n i'n siŵr y bydda Huwcyn yn mynd i chwara hefo nhw, a pheth brwnt fydda i nadu fo. Ond nath Huwcyn ddim byd ond sbio arnyn nhw, fel tasa fo 'rioed wedi gweld sgwarnog arall na gwbod mai dyna be oedd ynta. Rhedag i ffwrdd nath y sgwarnogod eraill; mae'n siŵr eu bod wedi snwyro ogla Huw Crydd ar Huwcyn.

* * *

Ro'n i'n dal i helpu Huw i ddal adar weithia, ond roedd gwthio blew drwy haidd yn beth diflas.

"Waeth i mi fod yn corddi ddim," medda fi, gan fod hynny'n ddiflas hefyd, ond yn beth pwysig iawn yn nhyb Mam ac Asiffeta. Ac felly, bu rhaid i Huw ddysgu tricia newydd. Byddai'n socian yr haidd mewn jin i feddwi'r adar, a finna'n chwerthin wrth feddwl am betris dwl yn taro'i gilydd yn feddw gaib. Oeddan nhw'n canu, tybad – fath â fydda Huw ar ôl boliad o gwrw?

Doedd Huw mo'r potsiar gora, fwy nag oedd o'r crydd twtia, ac un diwrnod, bu'n cwyno mai ond tri gylfinir a ddaliodd y noson cynt, er iddo fo a Huwcyn fod allan tan berfeddion.

"Ydyn nhw'n dal gen ti?"

"Yn cowt – yn aros i'w claddu."

Sylwais fod yr adar yn reit debyg i ieir ffesant, o ran plu a maint beth bynnag.

"Da i ddim," meddai Huw, "Sbia ar eu piga nhw. A phwy glywodd am neb yn ddigon dwl i fyta gylfinir?"

A daeth yr hen ysfa i dwyllo'n ôl, fel taswn i 'di hen golli'r caead. Daliais yr adar wysg eu traed, a meddyliais.

"Mae gen ti ddigon o dŵls, Huw. Pam na 'nei di naddu'u piga nhw?"

A gan fy ngweld i'n glyfar, dyna'n union be nath o, a'u gwerthu i bobol ddylach a dallach na fo'i hun. A'r hen gryduriad rheiny'n ddim callach nad oeddan nhw'n byta bwyd y byddigions.

Cawn bwl o euogrwydd weithia, a meddyliais droeon am fynd â'r rasal yn ôl i'r tŷ, ond welodd neb mo'i cholli hi, ac mi ro'n inna wedi dod i gredu ei bod yn beth melltigedig o glyfar. Os nad oedd yn fy mhocad, byddwn yn ei chadw'n saff rhwng tudalenna llyfr Dic Aberdaron. Doedd neb ond y fi yn sbio ar lyfra'r beudy, ac mi roedd Emaniwel yn ddigon clyfar a chefnog i allu prynu llyfra gwell, rhai heb ogla tamp a sbotia arnyn nhw.

Ac mi roedd arna i isio'r rasal i rwygo dillad. O basio lein ddillad, a neb o gwmpas, byddwn yn gneud rhwygiada bach twt. Roedd un rhwygiad yn ddigon i bob dilledyn. Ac yn ddigon i bobol Mynytho weld beth bynnag oeddan nhw isio drwy'r tylla.

Wn i ddim yn iawn pam o'n i'n lecio gneud hyn cymaint. Ond, mi roedd y sŵn yn fy nhawelu rywsut, rhyw riddfan bach cynnil oedd yn deud 'mod i'n fyw.

Roedd gen i well syniad o bwy o'n i a be o'n i'n da wrth rwygo, ac mi roedd y gwbod *hwnnw'n* cryfhau wrth i bobol fethu â dyfalu, ac wrth i Huw gredu 'mod i'n gallu rheoli'r sbrydion.

Wrth feddwl am hyn un tro, cofiais amdana i fy hun pan o'n i'n fach, fel ro'n i'n arfar meddwl, pam mai fi ydi fi...? Drosodd a throsodd, nes i 'mhen stopio'n sownd a gneud i mi ama 'mod i'n bod o gwbwl. Ac wedyn, bydda rhaid i mi ddeud wrtha fi fy hun mai Elin Ifans Pantywennol o'n i, nes i hynny gau yn gaets amdana i unwaith eto.

* * *

Damwain oedd rhwygo 'mhais, ac anghofiais ei thrwsio; debyg mai gneud petha'n waeth faswn i o gymryd nodwydd ddur ac eda at y niwad.

"Ellen!" gwaeddodd Asiffeta. Roedd ar ganol didoli'r dillad i'w golchi ac yn gafa'l yn fy mhais, hefo un llaw yn fflapian drwy'r rhwyg. "Sut rhwygaist ti dy bais?"

"Dal hi ar ddrain."

"Nid rhwyg draenan 'di hwn, mae o'n rhy dwt o lawer. Dwi'n meddwl mai chdi nath – hefo siswrn ne rwbath – jest i gael sylw."

Roedd hi'n hen beth siarp.

"Be sy'n bod, genod?" gofynnodd Mam.

"Ellen 'di rhwygo'i phais."

Cydiodd Mam yn y bais a sbiodd ar y rhwyg.

"O, mrest i!" meddai, gan ollwng ei hun ar gadar Nain.

Gollyngodd Asiffeta'r bais, a mynd i dendio'n ufudd ar Mam, a oedd mewn yfflwn o ffwdan.

"Mi drwsia i hi fel newydd mewn dim."

"Mae o wedi'n dal ni. Mae o yn y tŷ 'ma."

"Pwy sy yn y tŷ, Mam?"

"Y bwgan," meddai hitha mewn sibrwd, a'i llgada fel soseri.

Wn i ddim pam na faswn i 'di cyfadda yn y fan a'r lle. Does bosib 'mod i 'di cael unrhyw blesar o weld Mam druan wedi dychryn fel 'na. Ond yr oll ddeudes i oedd, "Welais i 'run bwgan. Does 'na'm fath beth â bwgan, beth bynnag..."

"Dos o dan draed," meddai Asiffeta.

Ac mi es i o'r tŷ i rynnu yn y beudy; roedd hi'n haws meddwl yn fan'no beth bynnag. Meddyliais ei bod ar ben arna i ac y byddwn yn nyled fy chwaer byth bythoedd. Dychmygais be fyddai'n ddeud wrth Mam ac yna sylweddolais nad oedd Mam – na hitha chwaith – yn dyst i ddim.

Roeddan ni'n dwy wedi gweld fy chwaer yn rhwygo'r ffi-shŵ ac mi ddeudodd Mam wrtha i wedyn nad oedd ganddi 'Ddim llai nag ofn Catrin weithia'. Wannwl, roedd Asiffeta'n un ddel i neud twrw 'mod i'n rhwygo petha.

A dechreuais ddawnsio, gan drio dynwarad Huwcyn: llamu, troi a landio yn 'run lle, ond ches i fawr o hwyl arni. Chlywais i mo Asiffeta'n agor drws y beudy.

"Be ti'n neud rŵan, Bwgan?"

"Dawnsio," medda finna, heb falio dim.

"Dwyt ti ddim yn gall: dawnsio… rhwygo petha…"

"Fath â chditha hefo'r hen ffi-shŵ 'na, felly."

Aeth hynna â'r gwynt o hwylia'r hen chwaer, a dyma hi'n deud cyn gadal, "Nid y fi fydd yn seilam ryw ddiwrnod."

8

ADDOLI AC UFUDDHAU i'r Bod Mawr oedd cwmpas bywyd fy mam, ond gan ei bod yn ama fod bwgan yn y tŷ, welodd hi ddim o'i le mewn troi at ddulliau eraill i'n hamddiffyn. Cafodd afael ar bedol a rhoddodd ordors i Huw Crydd i'w hoelio i'r drws.

"Fel 'ma dwi isio hi, yli," meddai, gan ddal y bedol â'i dau ben at i fyny, fel gwên fawr.

"Elin," meddai wedyn, "well i ti nôl y Beibil 'na o'r beudy. Wnaiff o ddim drwg i ni gael hwnnw yn y tŷ hefyd."

Ac wedi dod â phob gwarchodiad ynghyd, roedd yn grediniol ein bod wedi gorchfygu'r bwgan, er i Asiffeta drio edliw. "Wnaiff pedol ddim cadw bwgan o'r tŷ 'ma," meddai gan sbio'n finiog arna i.

Penderfynais ei bod yn amser i minna 'rafu ron bach ar y rhwygo. Do'n i ddim am boeni Mam, a doedd 'na fawr o alw am destun siarad gyda'r Dolig yn nesáu. Pawb yn tyrchu atgofion a sôn am radag yma llynedd, neu bum neu ddeng mlynedd yn ôl. Ac 'run fath oeddan ninna, yn enwedig gan mai dyma'r Dolig cynta i ni gael Emaniwel adra ers i ni golli Nhad.

"Radag yma bedair mlynedd yn ôl..." ochneidiodd Mam, "Doeddan ni'n betha sâl..." gan ddeud wedyn rhwng syndod a siom, "a sbiwch arnan ni rŵan ar ben ein digon. Pwy 'sa'n meddwl?"

Roedd y tŷ yn llawn o ddeiliach a chelyn, Mam wedi ymorol am ŵydd dewach nag arfar, ac Asiffeta wedi gneud hannar dwsin o bwdina. Un at ddiwrnod Dolig, un i Emaniwel fynd hefo fo i'r môr, ac un, ar daerineb Mam, i Huw am edrach ar ein hola ni. Byddai'r tri arall yn gneud i ni am y gaea.

"Un bob un felly," medda finna.

"Hen fol," meddai Asiffeta, heb fymryn o hwyl. Ond doedd gythral o ots gen i amdani, gan fy mod i'n ysu am weld Emaniwel adra.

Cyrhaeddodd ar y cart o Bwllheli, yn edrach yn sobor o smart ymysg yr holl sacha. Daeth y certmon â fo reit i'r buarth, a'i helpu hefo dau focs mawr.

"Ddowch chi i'r tŷ am banad?" gofynnodd Mam, ond mi roedd y certmon am gyrraedd Rhiw cyn iddi dw'llu.

Tynnodd Emaniwel bres o'i bocad:

"Ma hyn yn ormod o lawar…" meddai'r certmon.

Ond mynnodd Emaniwel, un ffeind oedd o. Roedd o'n un llgadog hefyd, a sylwodd ar y bedol wedi ei hoelio i'r drws.

"Huw Crydd roth hi fyny," meddai Mam yn frysiog.

"Hen ofergoel gwirion," meddai Emaniwel.

"Pam na ddeudwch chi'r gwir, Mam?" meddai Asiffeta fel hen siswrn, a hynny cyn i Emaniwel groesi'r trothwy na thynnu'i het. A bu rhaid iddo gael holl hanas y bwgan cyn i'w banad gael sefyll yn iawn na dim.

Wedi adrodd y stori, ychwanegodd Mam, "Wŷr neb pwy na be sy'n gyfrifol, ac felly weli di fai arna i'n poeni am fwganod?"

"Mam bach," meddai Emaniwel yn fwyn, "tydi'r holl sôn 'ma am y goruwchnaturiol ddim yn rhyw gydnaws iawn â'ch ffydd…"

"Dan ni wedi dod â'r Beibil i'r tŷ hefyd."

"Nid peth i gadw bwganod o'r tŷ mo'r Beibil."

Ac yna, roedd rhaid i Asiffeta gael deud, "Ti'n dawel iawn, Ellen…"

"Does 'na'm fath beth â bwgan," meddwn yn gwbwl ddigyffro. "Ac ma Huw Crydd yn deud mai pobl sy'n rhechan gormod, ac mai dyna sy'n rhwygo'r dillad."

Ond yn hytrach na chwerthin, crychu'i dalcian ac edrach yn bryderus nath Emaniwel. "Dach chi'n sôn gryn dipyn am Huw."

Siriolodd Mam. "Hogyn da 'di Huw: Mae o'n edrach ar ein hola ni, yn union fel y deudest di wrtho fo am neud."

Edrychodd Emaniwel yn syn arni.

"Ella mod i wedi deud rhwbath wrtho fo rywbryd…"

Ond soniodd neb 'run gair arall am Huw tan iddo ymddangos ar ddiwrnod Dolig.

Lluchiwyd ni oddi ar ein trefn arferol gan yr holl sôn am fwganod a Huw Crydd, a chyn i ni fedru holi dim am hanas Emaniwel, roedd wedi nôl ein presanta o'r bocs lleia. Teimlo'r awydd i'n hatgoffa ei bod hi'n Ddolig ac yn amsar i ymlawenhau, mae'n debyg.

Cafodd Mam ambarél fawr ddu, a honno'n un smart drybeilig.

"I'ch cadw chi'n sych ar y ffordd i'r capal," meddai Emaniwel, a Mam fel plentyn hefo tegan newydd, yn ei hagor a'i chau, gan chwerthin a gneud twrw – "Wwwiiiiiii…" – tan i Asiffeta ei hatgoffa mai peth anlwcus ydi agor ambarél yn y tŷ.

Cafodd honno siôl hefo ffrinj llaes a phatryma cyrliog drosti.

"Morol nad wyt ti'n ei rhwygo hi," medda finna, a difaru'r funud nesa, gan i bawb dawelu, ac Emaniwel yn sbio'n rhyfadd arnon ni'n tair, methu dallt be haru ni.

Y fi gafodd y presant gora un: llyfr mawr newydd sbon, a hwnnw'n llawn o Susnag a llunia o wahanol lefydd ar draws y byd.

"Bydd y llunia'n gymorth ac yn gymhelliant i ti ddysgu

mymryn o Saesneg," meddai Emaniwel, fel taswn i angen gneud hynny rywbryd. Rhen gradur.

"Mae gen ti fwy o bacia nag arfar," meddai Asiffeta, gan ddisgwyl eu bod nhw'n llawn o bresanta iddi hi, mae'n siŵr.

"Waeth i mi ddeud hyn wrthach chi rŵan ddim," meddai Emaniwel yn gyndyn, "ond dwi'n bwriadu mynd yn bell i ffwrdd..." Gwelodd ein pryder. "Ddim am byth – mi fydda i'n ôl 'mhen chydig o flynyddoedd."

"Be 'nei di ar hen fôr na'r holl amsar?" gofynnodd Mam.

"Mi fydda i'n gweithio fel Asiant i'r Cwmni Llonga ym Mheriw."

A dyma Mam yn dechra canu,

"Pe bawn yn meddu ar aur Periw

A pherlau'r India bell..."

"Fyddi di'n cloddio am aur?" gofynnodd Asiffeta, a hen olwg farus arni.

"Na, nid aur," meddai Emaniwel, gan fwytho'i locsyn, a rhoddodd wên fach. "Nid aur o gwbwl, ond yn hytrach baw gwylanod."

"Jobyn cachu deryn, felly!" medda finna. A dyma Emaniwel yn rhuo chwerthin.

"Mi synnech chi faint o bres sydd i'w wneud o gachu adar."

Wannwl, mi roedd hi'n braf ei glywad yn deud cachu unwaith eto.

Ar ôl tamad o swpar, gofynnais oedd 'na lun o Beriw yn y llyfr newydd, a dangosodd Emaniwel lun o'r brifddinas i mi.

"Dyna i chdi gadeirlan Lima..." Edrychai mor fawr a chrand, a theimlad chwil a choll oedd meddwl am fy mrawd yn y fath le.

"Fanna fyddi di'n byw?"

"Na, nid yn Lima fydda i, ond ar un o Ynysoedd Chincha ynghanol yr adar a'u baw."

"Rhwla fath ag Ynys Enlli?"

Ond doeddan nhw ddim 'run fath ag Ynys Enlli o gwbwl, doeddan nhw'n fawr mwy na chreigia, a'r rheiny'n dew o faw gwylanod.

"Ydyn nhw'n greigia peryg?"

Cofiais ein sgwrs ar y ffordd i eglwys Llanengan i weld bedd fy nhad.

"I'r de o Beriw ma'r creigia peryg."

Mwythodd fy mhen, gan ei fod ynta'n cofio'r un peth. A gan weld 'mod i'n dal i boeni, dangosodd lun o lama i mi.

"Argol fawr, be 'di hwnna?"

A daeth Mam ac Asiffeta i sbio, gan ryfeddu at anifail nad oedd yn geffyl nac yn ddafad, er ei fod yn reit debyg i'r ddau.

"Does na'm y fath beth," meddai Asiffeta.

"Ella mai llun sâl ydi o," meddai Mam.

Ond mi ddeudodd Emaniwel fod y llun yn berffaith iawn, a bod y lama'n gallu cario llwythi a chynhyrchu gwlân.

"Paid â rhoi syniada i hon," meddai Asiffeta wedyn, gan stumio ata i, "neu mi fydd hi isio un..."

Er y basa lama'n beth difyr a defnyddiol i'w gael o gwmpas, doeddwn i ddim am i 'mrawd drafferthu certian peth mor fawr a thrwsgwl hannar ffordd rownd y byd. Soniais am hyn pan oeddan ni'n dau yn y beudy, gydag Emaniwel yn torri coed ar gyfer diwrnod Dolig.

"Beth bynnag," medda fi ar ôl esbonio, "mae gen i sgwarnog yn barod."

"Sgwarnog?"

"Huwcyn 'di enw fo. Ti isio'i weld o?"

Ond mi roedd Emaniwel yn rhy brysur a welodd o 'rioed

mo Huwcyn, a bûm inna'n poeni ei fod yn meddwl 'mod i'n glwyddog neu'n dychmygu petha.

* * *

"I bwy ma'r holl lestri 'ma?" gofynnodd Emaniwel fore'r Dolig, wrth weld Mam yn gosod y bwrdd i bump.

"Dwi 'di gofyn i Huw ddod atan ni. Rhen gradur, does ganddo fo nunlla arall i fynd…"

"Chwara teg i chi," meddai Emaniwel, er nad oedd ganddo fawr o feddwl o Huw. Roedd hwnnw'n hwyr a gwelw, yn torri gwynt hefo ogla cwrw arnyn nhw.

"Maddeuwch i mi, Mrs Ifans fach, ro'n i allan yn hwyr neithiwr yn canu Plygain hefo Robin Fawr a'r hogia. Ond ylwch, dyma gwpwl o ffesants i chi ar gyfar Calan, a rhwbath bach i chditha, Catrin."

Gwthiodd bâr o slipars i ddwylo fy chwaer. Mi roedd hoel gwaith a gofal arnyn nhw, rhen Huw wedi naddu siâp bloda ar y lledar.

"Del iawn. Diolch i ti, Huw," meddai Asiffeta'n ddigon anniolchgar ac ynta'n cochi at ei glustia, er bod golwg wael arno.

Ddoth y diawl â dim i mi. Doedd Huw na finna'n ni'n hunan dros ginio. Roedd Huw yn laddar o chwys yn trio byta a'i gyfansoddiad yn siwrwd ar ôl cwrw'r noson gynt. Er bod y cinio'n ddigon o ryfeddod, roedd pob tamad fel tasa fo'n llwydo yn fy ngheg i, ac mi roedd 'na rwbath fedrwn i mo'i weld yn llenwi'r tŷ, yn gneud pawb a phopeth yn ddiarth rywsut.

Ar ôl cinio, dyma Emaniwel yn gofyn i mi ddarllan o'r Beibil:

"Ac wedi geni'r Iesu ym Methlehem Jiwdea, wele doethion a ddaethant o'r Dwyrain i'w addoli ef…"

Ac yna, cawsom ddiod sinsir fy mam, a hwnnw'n cnesu 'mol i, ac yn gneud i mi feddwl am aur Periw a thus a myrr. Cofiais Emaniwel yn deud mai petha i neud ogla a blas da oedd thus a myrr, 'run fath yn union â sinsir. A fanno ro'n i'n teimlo'n reit rhyfadd, a'r holl Nadoliga a fu erioed fel tasan nhw'n llenwi 'mhen i a'r gwpan yn fy llaw. A bu bron i mi grio.

Pe basa petha wedi bod yn wahanol wedyn, digon o waith y baswn i'n cofio hyn ac mi faswn i'n gallu sbio ar y llyfr roddodd Emaniwel i mi heb deimlo 'mod i'n cael fy sgaldio i'r byw. Does dim rhaid i mi agor ei gloria bellach, dwi'n cofio'r llunia – rhai ohonyn nhw, beth bynnag: Taj Mahal, Northwestern Province, India; Port of Shanghai, Shanghai, China; Sphinx and Pyramids, Giza, Egypt, Menai Suspension Bridge, Anglesey…

"Pam nad oes 'ma lun o Ben Llŷn?"

"Cwestiwn da," meddai Emaniwel, mor barchus o'm diniweidrwydd. "Ella eu bod nhw'n ein cymryd ni'n ganiataol, meddwl eu bod nhw gwybod beth sydd yma a beth ydan ni'n neud."

"Ella nad oes ddiawl o ots ganddyn nhw."

Ac ar ôl hynna, gwyddwn yn iawn na fedrwn erfyn ar Emaniwel i aros adra a pheidio â mynd i Beriw, gan ei fod yn gyfle euraidd i ddysgu am fasnach a busnes ac i lenwi coffrau Pantywennol.

9

SYNIAD EMANIWEL OEDD cynnal cwarfod gweddi ym Mhantywennol. A ninna wedi morol deud 'run gair arall am fwganod wedi iddo wfftio'r syniad ei fod o yma, mi ddeudodd wrth Mam cyn iddo adael am Beriw:

"Os ydach chi am warchod yr aelwyd rhag y Gŵr Drwg, y peth gora fydda i chi gynnal cwarfod gweddi. Mi fydd yn ddiddanwch ac yn gwmni i chi'ch tair."

Ac yn well cwmni i ni na Huw Crydd, meddyliais inna, gan fod Emaniwel yn rhy gwrtais i ddeud hynna'n blaen. Ond gwyddwn hefyd na fyddai dim yn rhwystro Huw rhag hel ei draed 'cw bellach.

"Sut ma Catrin yn lecio'i slipars?"

"Ma hi ynddyn nhw ddigon."

"Hogan landeg 'di Catrin."

Daeth 'na ryw olwg nefolaidd dros wynab Huw.

"Ma 'i o ryw fyd arall rywsut... yn well peth na genod Mynytho: twtiach, glanach... Wn i'm. Tydw i ddim yn un da hefo geiria... Ti'n meddwl ei bod hi'n lecio fi ryw fymryn?"

"O, Huw, be wyt ti'n 'i feddwl?'"

Edrychodd yr hen Huw yn reit llipa arna i.

"Fedri di mo'n helpu fi, dywad?"

"Be ydw i? Dewin?" medda finna'n rhy sgut o lawar.

"Ma gen ti lyfr."

Gallwn weld be oedd yn dŵad nesa, a gwyddwn pe bai'r Diawl ei hun yn cydio yng nghorn gwddw Asiffeta ac yn ei bygwth i dragwyddoldeb, na fydda hi'n gneud dim â Huw.

Sylwais ar glytia Asiffeta'n wlych dan gaead y fwcad yng nghornel y beudy. Ysais am gael deud wrth Huw am ei yfed bob diferyn, gan fod hynna'n iawn i'r hen ffŵl am feddwl ei bod hi mor lân.

"Dwi'm 'di dŵad at y darn yna yn y llyfr eto. Ma swyna serch yn betha ofnadwy o anodd, 'sti. A 'swn i'm isio dechra heb fod yn gwbwl siŵr o 'mhetha."

Yn reit gyndyn, cytunodd Huw am y tro. Doedd o ddim am weld petha'n troi'n chwithig, a'r swyn yn troi sylw Asiffeta at Robin Fawr ne rywun felly.

Dechreuais deimlo fod petha'n rhuthro tu hwnt i'm rheolaeth. Gwyddwn nad o'n i wedi clywad y dwytha o gnewian Huw, nac o Asiffeta'n edliw mai fi oedd y bwgan. Ar ben hyn i gyd, mi roedd Rolant Cremp wedi 'nal i'n mynd am dro hefo Huwcyn ac wedi gneud yfflwn o fôr a mynydd o'r peth.

"Be sgin ti yn dy ffedog, dŵad?"

Roedd Huwcyn yn rhy fawr i'w gario dros fy mraich erbyn hynny.

"Dim byd."

Triais frysio heibio, ond cydiodd yn fy mraich.

"Ti 'di bod yn dwyn petha? Gad i mi weld."

A chyn i mi gael cyfla i'w throi hi, roedd yr hen fusnas wedi dechra palfalu yn fy ffedog. Sbonciodd Huwcyn allan a llamodd o'n golwg ni, a Rolant Cremp yn ei watsiad o'n mynd a'i geg yn gorad fel lledan.

"Y diawl brwnt!"

A rhedais ar ôl Huwcyn, heb boeni dim ar y pryd 'mod i 'di galw Rolant Cremp yn ddiawl, na be fydda'r dili-do straegar yn ddeud wrth bawb. Dois o hyd i Huwcyn wrth adwy'r cae, wedi cyffio mewn ofn. Mwythais o tan iddo ddod ato'i hun. A chyn mynd â fo'n ôl i Siop Ganol, dyma fi'n addo na fyddai neb yn cael ei ddychryn na'i frifo fo byth eto. Mi sbiodd Huwcyn arna i mor gall, er mai digon o waith ei fod o'n dallt llawer o Gymraeg.

Doedd Huw yn poeni dim fod Huwcyn wedi cael braw: "Sgwarnog ydi o. Tydi sgwarnogod ddim yn meddwl na chofio."

Fwy nag wyt titha o helynt, meddyliais.

"Mi alwais i Rolant Cremp yn ddiawl hefyd."

A chwerthin nath Huw, a finna hefyd, er fy mod i'n poeni'n drybeilig y byddai'r stori'n cyrraedd Pantywennol.

Gwyddwn nad oedd Mam nac Asiffeta'n meddwl ryw lawar o regi o flaen ein cymdogion nac yn rhy hoff o anifeiliaid, gan eu bod yn berwi hefo llau. Pethau defnyddiol oedd y fuwch a Pigi-Wigi, ac wn i ddim pam fod Miss Pwsi'n cael y fath barch. Ond mi roedd honno fel Asiffeta'n hen beth paticlar oedd yn rhy neis i fynd allan nac yn maeddu ryw lawar.

Gwyddwn erbyn hynny mai peth dwl fydda gneud gormod o sôn amdana fi fy hun. Roedd geiria Asiffeta mai yn y seilam fyddwn i, wedi fy nhrwblo fi'n ddistaw bach. Dychmygais y seilam yn llawn o bobol mewn dillad gwynion, fel angylion, ond heb adenydd na chriba i gadw'u gwalltia'n dwt. A'r rheiny'n hefru a chrio am eu bod nhw i gyd 'run fath â'i gilydd, heb ddim i ddeud pwy oeddan nhw.

* * *

Wn i ddim be ddeudodd Rolant Cremp amdana i nac wrth bwy, ond chlywais i ddim am y peth gan Mam nac Asiffeta. Doeddan nhw'n sôn am ddim ond y cwarfod gweddi. Synnais weld fy chwaer mor frwd, a hitha byth yn tw'llu'r capal na meddwl dim am weddïo.

"Mi gyhoeddon nhw'r cwarfod gweddi yn y capal heddiw 'ma. Beryg bydd 'na lond tŷ..."

"Peidiwch â phoeni dim, Mam," meddai Asiffeta. "Mi fydd y tŷ 'ma fel pin mewn papur, ac mi gân nhw ddigon o frechdana a chêcs. Mi gân nhw weld."

Dechreuais ama fod ganddi rwbath dan glust ei chap, er na fedrwn yn fy myw feddwl be oedd 'na i neb weld acw.

"Mae gen i dipyn o win riwbob 'nes i llynadd hefyd..." a dechreuodd Mam fynd i hwyl.

Roedd yn gas gen i feddwl am y cwarfod gweddi, er mai syniad Emaniwel oedd o. Ond wedyn, mae'n siŵr mai rwbath gwahanol oedd ganddo fo mewn golwg, ac nid rhyw de parti ac esgus i Asiffeta ddangos i bawb mor lân a thebol oedd hi.

Tybad ai allan i fachu gŵr oedd yr hen sguthan? Mi roedd hi'n ddigon main arni wedi'r cwbwl, a hitha'n tynnu 'mlaen a byth yn mynd i nunlla. Pe basa hitha wedi trafferthu mynd i'r capal o bryd i'w gilydd, mi fasa hi'n gwbod nad oedd 'na neb addawol ymysg selogion Capal Newydd. Am biti, meddyliais, na allwn rannu'r difyrrwch hwn hefo Huw.

Ond tewi fu rhaid i mi, a llithro i ryw fyd lle roedd gweddustra, glanweithdra a llestri, llwya, cyllyll a ffyrcs o dragwyddol bwys. Roedd Asiffeta'n berffaith siŵr mai ym Mhantywennol oedd y tŷ glana a'r bwyd gora yn Llŷn, ond poenai'n wirion bost am y manion betha, y *details* chwedl hitha.

"Oes gynnon ni *napkins*?' Sbiodd Mam yn hurt arni. "Cadacha llian ffein i bobol gael sychu briwsion o'u bysadd a chorneli eu cega."

"Wnaiff hancetsi pocad?"

Rowliodd Asiffeta ei llgada a thuchan.

"Faint o bobol sy'n dŵad?"

"Dew, do'n i'm 'di meddwl," meddai Mam. "Rhyw hannar dwsin?"

"Mi ddylach chi fod yn fwy *precise*, Mam. Mi wna i ddarparu ar gyfer dwsin er mwyn bod yn saff." Yna rhusiodd. "Does 'ma ddim digon o *crockery*!"

"Y?"

"Platia, cypana, cyllyll, llwya, ffyrcs… Llestri, LLESTRI!"

Roedd yn ysgwyd ei dyrna fel tasa 'i am roid sgytfa i rywun, a Mam a finna'n ryw glosio at ein gilydd.

"Ella gawn ni fenthyg rhai gan Siani Parri?"

Ac mi ges inna fy hel i Gefndeuddwr hefo berfa a'i llond hi o wair glân i wagio dresal rhen Siani. Yn y diwadd, casglwyd dwsin o bopeth, heblaw am ffyrcs; wyth o'r rheiny oedd gynnon ni.

"I be dan ni isio ffyrcs i fyta brechdana?" gofynnodd Mam.

"Bydd angen fforc ar bawb er mwyn torri'u cacenna'n fân a'u symud i'w cega."

Rhedais allan ar hynna, a lladd fy hun yn chwerthin yn y beudy.

Sgwriodd Asiffeta pobman yn lân fel swllt, pobodd fara gwyn a gnath ddwy gacan gymysg a thorath o grempoga bach melyn del. Daeth Huw â chosyn mawr o rywla ac mi roedd y bwrdd bwyd yn ddigon o sioe. Tynnodd Asiffeta ei ffedog, ar delera da hefo hi'i hun ac anfonwyd inna i'r beudy i nôl yr ystol ar gyfar y bobol fydda'n cyrraedd ar hyd y llwybyr pen clawdd.

"Well i ti aros amdanyn nhw," meddai Mam, "er mwyn i ti ddal yn llaw y rhai sy'n tynnu 'mlaen."

Wannwl, mi roedd hi'n noson oer i sefyll ar cowt yn gwitsiad am bobol, a dechreuais feddwl nad oedd neb am ddŵad ac y byddwn i'n byta cacan gymysg a chrempoga am byth. Ond yna, clywais ganu, a hwnnw'n glir ac yn siarp fath â'r noson serog:

"Mae'r gwaed a re-dodd a-a-ar y groes
O-o oes i oes i'w gofio,
Rhy fyr yw tragwyddoldeb llawn
I ddwe-e-e-e-eud yn iawn amdan-o."

Gwelais oleuada lantarn rhwng y coed yn symud yn ara bach ar hyd y llwybyr. Ac mi roedd popeth mor dlws, a Mynytho'n gystal lle ag unrhyw le arall yn y byd i gyd.

Wrth i'r lantarn gynta ddod allan o'r coed a sgleinio arna i, roedd pawb yn canu,

"Rhyw newydd wyrth o'i angau drud

A dda-a-a-a-aw o hyd i'r go-lau."

Ac fel roeddan nhw'n cychwyn y bennill ddwytha, dyma lais ffeind yn deud,

"Elin Ifans fach, daliwch fy lantarn i mi gael dod i lawr yr ystol."

Gafaelais yn lantarn Salmon Jones, Creigirisaf a'i dal hi i bawb arall gael gweld, a Salmon Jones yr ochor arall i'r ystol, yn gafa'l yn eu dwylo i'w helpu nhw i lawr.

Wnes i ddim sylwi faint o bobol oedd 'na – dros ddwsin yn siŵr, a theuluoedd Tŷ Newydd a Thyddyn Glasdwr oedd wedi cyrraedd o'r cyfeiriad arall. Roedd pawb yn un rhes yn disgwyl mynd i mewn, ac Asiffeta'n cymryd eu cotia ac yn stumio arnyn nhw fynd i ddeud how-di-dŵ wrth Mam oedd yn ista fel pathaw ar gadar Nain.

"Bytwch," meddai Mam. "Mae 'na ddigon o fwyd a ffyrcs."

Dechreuais ama fod 'na ormod o bobol, a'r rheini'n rhy hen a chyffredin i blesio llawar ar Asiffeta. Mi roedd 'na hen olwg wedi marw ar ei gwynab hi'n mynd â'r cotia i'r siambar.

Es inna i neud te i bawb. Doedd 'na fawr o fynd ar y gwin riwbob y noson honno, fwy nag oedd 'na ar y platia a'r ffyrcs. Roedd pawb yn tyrru rownd y bwrdd, gan fachu be oeddan nhw isio a'i halffio'n syth o'u dwylo. Ddeudodd Asiffeta ddim, ond mynd ymlaen i weini a golchi cypana.

Ac wedi clirio'r bwrdd, dyma'r Parch David Jones yn darllan o'r Beibil a rhoi gweddi. Yr hen Salmon weddïodd wedyn, gan ddiolch i Dduw am ymborth hael a chwmni a chymdeithas fendithiol ein gilydd ar noson mor oer, a phawb yn ei borthi fel tasan nhw'n canu grwndi. Mi roedd pob gweddi'n dod yn ôl at yr un peth: yn diolch i Dduw am ein gilydd ac am gael byw ym Mynytho ymysg cymdogion mor ffeind. Roedd pawb wedi anghofio'r bwgan.

Feddyliais inna ddim am fwgan chwaith. Ac wrth ista ar y llawr wrth draed Mam, a hithau'n mwytho 'mhen i, dychmygais angylion yn mynd o gwmpas Pantywennol yn gwau rhaffa o floda drwy'r coed a'r perthi.

Mi roedd o'n gwarfod tawelach nag un capal, ac er nad oedd 'na ddigon o gadeiria i bawb, mi roeddan ni i gyd yn fwy cyffyrddus rywsut. Mi ro'n i'n falch na ddeudodd y gweinidog ryw lawar, gan fod neb byth yn gallu dallt be oedd ganddo fo'i ddeud.

"Diolch i chi, Mrs Ifans, a bendith ar eich aelwyd..." meddai pawb wrth ei throi hi, a Mam yn rêl jorjan wedi cael y fath sylw.

Ac yna, dyma Mair Robaits, Tyddyncallod yn gweiddi dros bobman: "Y Nefoedd drugaredd!" a chododd ei chôt i bawb gael gweld ei bod wedi'i rhwygo o'r goler i'r gwaelod.

"A finna hefyd!" meddai Jane Tyfadog, a'i siôl hitha'n garpia.

A'r peth cynta feddyliais i oedd bod rywun wedi gneud job sâl ohoni, ryw hen rwygiada mawr blêr, fel tasa 'na yfflwn o gythral ar bwy bynnag oedd yn gyfrifol. Cofiais feddwl wedyn nad es i'n agos at gôt neb, a bod pawb yn dyst i hynny.

10

DIGON O WAITH i bobol Mynytho fynd adra dan ganu emynau'r noson honno. Phrofodd eu crefydd yn dda i ddim ond i ddatod ofn a chyffro yn eu mysg. Ella mai dyna be oeddan nhw i gyd isio yn y pen draw.

Arhosodd y gweinidog hefo ni am dipyn, gan fod Mam dan gymaint o deimlad.

"Mr Jones bach, mae'n rhaid 'mod i 'di pechu'n ofnadwy i beth fel 'ma ddigwydd ar fy aelwyd i. Ac mewn cwarfod gweddi…"

Doedd gan Mr Jones yr un atab i hyn, a gweddïodd yn daer, er na ddalltodd neb be oedd o'n drio'i ddeud. Doedd dim cysuro ar Mam, roedd hi'n grediniol ei bod yn beth sâl a phechadurus, a bod ei mam a'i nain yn bechadurus hefyd. Gan nad oedd gennym ddropyn o lodom yn y tŷ, caniataodd y gweinidog iddi gael dos helaeth o win riwbob i'w thawelu.

"Be wnawn ni rŵan, Mr Jones?" gofynnodd Asiffeta.

"Dewch i'r capel, lodesi annwyl," meddai hwnnw.

Gwridodd Asiffeta, ond wn i ddim os mai o gwilydd yntau am ei bod yn tybio iddi dderbyn gwahoddiad gan ddyn dibriod.

"Nid drwg o beth," meddai Mr Jones wrth adael, "fyddai cynnal cyfarfod – neu yn wir, cyfarfodydd – pellach yn y tŷ hwn, er mwyn adfer parchusrwydd a glendid."

Daeth sŵn fel tasa 'i ar drengi o wddw Asiffeta, ond meddiannodd ei hun ddigon i ddymuno gw-bei, a diolch o galon i'r gweinidog.

Wrth iddi gau'r drws ar yr oerfel, daeth 'na ryw dawelwch a gwacter dros y tŷ. Roedd Mam yn reit swrth erbyn hynny, ac mi es i ac Asiffeta ati a thynnu ei siôl ac agor ei bodis; roeddan ni'n rhy swil i dynnu amdani fwy na hynny. Yna, a hitha'n tuchan ac yn berwi, codwyd hi ar ei thraed a'i gwthio i'w gwely bocs, a chaeodd fy chwaer y drws arni. Aethon ni'n dwy i'r gwely wedyn, heb ddeud yr un gair.

Daeth Mam ati ei hun yn rhyfeddol o sydyn. Fore trannoeth, roedd hi'n llawn edifeirwch, yn poeni be oedd pawb yn feddwl ohoni, a'r gwarth bod rhaid i ni ei meddwi'n racs o flaen y gweinidog i'w thawelu, a'i rhoi yn y gwely wedyn.

O hynny 'mlaen, llusgodd ei holl ddewrder i'r amlwg, a gan nad oedd hi'n fawr o ben, daeth ei greddf yn beilat iddi. Drwy hyn, sylweddolodd mai yn ei chorff yr oedd ei chryfder, gan dderbyn yr holl droeon yn yr helynt fel bocsiwr yn cael ei waldio. Ac er iddi weiddi a gwegian, byddai'n casglu'i hun drachefn a thrachefn, fel petai ei dyfalbarhad yn dileu holl bechodau ein hynafiaid, fesul un.

Nath Mam 'rioed ymhelaethu ar bechoda ei theulu. Beth bynnag wnaethon nhw, fedrwn i'm gweld sut roedd modd i'w camwedda lechu yng nghorneli Pantywennol ar ôl yr holl amsar, a nhwtha, druan, wedi hen farw. Debyg ei bod hi'n haws i Mam wthio pechod i'r gorffennol, lle doedd 'na fawr o gapal.

Ro'n i'n grediniol o'r cychwyn mai Asiffeta rwygodd gôt Mair Robaits Tyddyncallod a siôl Jane Tyfadog, er na wyddwn i pam yn hollol. Ella er mwyn bod yn wenwyn i mi a gwenwyn i gôt Mair Robaits. Peth sâl a brau oedd y siôl. Byddai'n ddigon hawdd i'w malu, ac os oedd hwyl malu ar Asiffeta, gwyddwn yn iawn ei bod mor ddifeddwl a diamcan â'r Diawl ei hun. Ella'i bod hi'n teimlo nad oedd hi'n cael digon o sylw. Fel ddeudes i o'r blaen, mi roedd hi'n ddigon main arni.

Ac felly, yn hytrach na'i phorthi hefo cyhuddiada, cymerais

arnaf nad o'n i'n ama dim arni, a rhoddodd hitha'r gora i'n edliw inna. Yn absenoldeb unrhyw gnecs, doedd gynnon ni fawr i sôn amdano. Daeth 'na ryw hen dawelwch annifyr rhyngthon ni'n dwy, un a oedd wastad yn bygwth troi'n ffrae. Mi ro'n i'n reit falch o weld Huw yn cyrradd radag hynny, gan fod ei lol a'i rwtsh yn codi calon Mam, a finna hefyd pe bawn i'n onest.

"Bwgan ne beidio," medda fo, "ma pawb yn deud nad oes gwell bwyd na chroeso yn Llŷn nag sy 'na ym Mhantywennol."

"Mae Mr Jones yn deud y dylwn i gynnal mwy o gwarfodydd yma, er mwyn bod yn saff," meddai Mam.

"Ydi siŵr, does 'na hen olwg byta gwellt ei wely ar y llipryn."

Ond er nad oedd o'n meddwl ryw lawar o Jôs gweinidog, nac yn llawar o un am grefydd, bu'r hen Huw o gymorth mawr i ni wrth ddarparu am y cwarfodydd.

Bu Asiffeta wrthi fel tro cynt yn gneud bwyd, ond Huw anfonwyd i fenthyca petha wedi hynny: dod o hyd i lestri a seti ac ambell damad o fwyd neu ddropyn o ddiod. Huw druan, roedd o fel petai'n trio chwara tŷ bach 'cw, ac yn crafu pob brathiad o sarhad gan Asiffeta am unrhyw arwydd o serch tuag ato.

Aeth hi'n ffrae hefo Asiffeta ar fora'r ail gwarfod. Daeth Huw â mainc drom a garw o Siop Ganol er mwyn i bobol gael ista.

"Fedrwn ni ddim gofyn i bobol ddiarth ista ar beth ryff fel 'na."

Pam? 'Rhag ofn iddyn nhw rwygo'u dillad,' bu bron i mi ddeud.

"Dos â hi'n ôl i dy hen gwthwal budur y funud 'ma!"

Ac yn wylaidd, rhoddodd Huw'r fainc ar ei gefn a'i chario adra. Dechreuodd hitha gnewian arno drachefn cyn gynted ag y daeth yn ôl.

"Gei di fynd â'r cwrw 'ma'n ôl hefyd. Does 'na'm lle iddo fo mewn tŷ parchus."

Ac er bod Huw yn ei ddybla ar ôl cario dodran a llestri, mi

roedd ar fin mynd â'r cwrw'n ôl i Siop Ganol hefyd, cyn i Mam ddeud yn reit siarp:

"Rho gyfla i'r hogyn gael ei wynt ato, yr hen gnawas front i ti."

Ac yna, mi dewodd pawb yn sydyn, a Mam, Huw a finna'n sbio ar Asiffeta, gan ofni be ddôi nesa. Ond mynd i'r llofft yn reit swta nath hi, gan ddeud, "Pan ddo i lawr, dwi'm isio gweld y gasgan 'na, ne mi fydd 'ma dwrw."

Cuddiodd Huw y gasgan yn y beudy am y tro.

"Wn i'm o le daeth y dirwast 'ma ar Catrin fwya sydyn," meddai Mam.

"Hogan lân a pharchus ydi hi."

"Wedi dechra llgadu'r gweinidog 'na ma 'i," medda finna, a'r hen Huw yn edrach yn fflat fel sibolsan.

Wn i ddim pam ddeudes i hynna, os nad o'n i am frifo Huw, ond dwi'n cofio meddwl 'run pryd y basa Asiffeta'n gneud uffar o wraig gweinidog. Uffar o un dda yntau un ddrwg, wyddwn i ddim, roedd y ffin rhwng y ddau mor dena rywsut.

* * *

Hen gwarfod digon di-ffrwt gawson ni. Roedd hi'n bwrw glaw, a phawb yn cyrraedd ar hap, yn eu cwman fel ieir, heb ddim o urddas na seremoni'r tro blaen. Arhosodd Huw, rhag ofn i'r bwgan ypsetio un ohonan ni, a gan fod dillad pawb mor wlyb, aeth â nhw i'r bwtri. Ac mi wyddwn o brofiad nad oes cymaint o hwyl rhwygo dillad gwlyb.

Trymaidd fu'r gweddïo hefyd. Pawb yn rhaffu pechoda, ac yn erfyn am faddeuant a glendid. Ond mi roedd y bwyd yn plesio a doedd dillad neb ddim gwaeth na thamp ar ddiwedd y noson.

"Gorchfygwyd yr aflwydd," meddai'r gweinidog, gan

chwifio'i Feibil. "Cynigiaf ein bod yn ailymgynnull yn y tŷ hwn ymhen y mis i gynnal cyfarfod o ddiolchgarwch."

A phawb yn rhyw fudr gytuno, cystal â deud, ia, pam lai.

Cefais bwniad gan Huw:

"Ti'n meddwl fod yr hen beth yna'n chwilio am esgus i gael ei draed dan y bwrdd?"

A meddyliais yn ddistaw bach, peth mor ddiflas fydda cael Jôs gweinidog dan draed hefyd.

"Gobeithiaf eich gweld chi i gyd yn y capel dydd Sul..."

Ac Asiffeta'n pletio'i cheg a chrychu'i llgada, fel tasai'n disgwyl mwy o ymdrech na hynna ar ran yr hen Jôs. Doedd ganddi ddim syniad pa mor hyll oedd hi'n edrach yn gneud hen stumia fel 'na.

* * *

Trodd sgyrsia Pantywennol at y gwanwyn ac at be roedd Emaniwel yn ei neud ym Mheriw. Daeth llythyr ganddo o Lima, yn sôn am ferched mewn fêls duon. Fath â bwganod, meddyliais. Mi ddeudodd mewn hwyl ei fod yn chwilio am lama bach i mi. Mygwyd fi gan hiraeth, a bu'n rhaid i mi ddenyg i Siop Ganol i roi mwytha i Huwcyn. Ac er bod Huwcyn yn gysur a'r dydd yn mestyn, ro'n i'r un mor anniddig fy myd, ar goll heb fy mrawd, ac yn cwffio'r ysfa i rwygo.

Ceisiais ddifyrru fy hun drwy symud clocsia oddi ar un stepan drws a'u gosod ar un arall, ond hen dric gwamal oedd o, a phlant drwg gafodd y bai. Teimlwn inna gwilydd fod fy nghastia i bellach mor blentynnaidd a diddim.

Ryw wythnos cyn y cwarfod diolchgarwch, daeth sgrech ofnadwy o'r cefn, a fan'no, ar ben y llwybyr roedd Lisabeth Pantyrhwch, yn gweiddi fel cyw mul fod y bwgan wedi rhwygo'i sgert hi.

Cyn mynd i'r tŷ, stopiodd yn stond, gan ddod ati'i hun yn ddigon i holi oedd Huw Crydd yn tŷ, gan nad oedd am iddo weld ei phais hi. Doedd o ddim, a doeddwn inna'n lecio dim ar yr awgrym ei fod bellach yn un o'r teulu.

"Be sy, Lisabeth fach?" gofynnodd Mam.

"Bwgan!" hefrodd Lisabeth gan ddangos y rhwygiada.

Disgynnodd Mam yn un twmpath ar y setl, a rhoddodd Asiffeta ei gwaith gwnïo o'r neilltu:

"Steddwch, Lisabeth," meddai gan edrach yn oeraidd arni. Roedd Lisabeth yn dal i feichio. Yn sydyn, rhoddodd Asiffeta'r fath beltan iddi nes bod y sŵn yn clecian drwy'r tŷ. Oni bai bod 'na freichia ar y gadar, mi fasa Lisabeth ar lawr. Sythodd Asiffeta ei chefn, a syllodd Lisabeth arni fel tasai'n ddrychiolaeth. Yna, rhoddodd sgytiad i'w phen a deud: "Wn i'm byd be ddaeth drosta i."

"Llai o'r hen nonsens 'ma, Lisabeth, a dim gair wrth neb, ne mi fydd pawb yn meddwl eich bod chi'n colli arni."

Syllodd Mam a finna ar ein gilydd. Mi roedd Asiffeta a Lisabeth yn sôn am y tywydd erbyn hyn, fel tasa dim wedi digwydd, a Mam a finna'n dechra ama mai ni'n dwy oedd yn colli arni. A chyn iddi adael, dyma Asiffeta'n deud wrth Lisabeth, "Well i chi gael menthyg sgert gen i. Debyg bydd y *waist* yn rhy gul, ond mi fydd hynna'n well na dangos eich pais i bawb."

Ar ei ffordd i Gefndeuddwr gyda negas i Siani Parri roedd Lisabeth, ac fe'm lloriwyd i gan hyn, gan mai y fi fyddai'n rhedag negeseuon iddi fel arfer. Oedd yr hen Siani hyd yn oed yn tybio y byddwn i'n llwydo'r blawd a chrebachu'r cyreints?

11

DOEDD Y BWGAN yn ddim ond gair i Huw Crydd, a doedd rhwygo dillad yn dychryn dim arno. Ei unig boen oedd nad oedd gan y bwgan ddigon o rym i falu clocsia, hynna a'r ffaith ei bod yn amlwg nad oedd gan Asiffeta fawr o feddwl ohono. Tra oedd pawb arall ym Mynytho'n honni ofni ac wfftio'r dirgel, mynnai Huw ei weld fel modd i wireddu ei brif ddyhead. Dechreuodd y godro fynd yn fwrn arna i, gan fod sgyrsia Huw wastad yn troi'n ôl at yr un peth:

"Fedri di ddim brysio i drio dallt y llyfr sbrydion 'na, dŵad? Ne mi fydd Jôs gweinidog wedi bachu dy chwaer dan fy nhrwyn i. Dwi'n ryw hen ama bydda Catrin yn styriad gweinidog yn beth neisiach a mwy parchus na fi."

"Tydi hynna ddim yn bopeth."

Triais fod yn ffeind, ond ar yr un pryd, dechreuais weld caeth gyfla rhen Asiffeta. Dychmygais fod ar ganol pont fawr, uchel, fath â Pont Borth, a Huw un pen iddi a Jôs y pen arall, a'r ddau yn gweiddi arna i ddod atyn nhw, a finna'n sbio i lawr ar y tonna, ac yn meddwl unwaith eto, Sut beth ydi boddi…?

Peth camarweiniol ydi twrw rhwygo, ac ymhell o fod yn rhyddhad, cyfyngodd y dinistr ar Asiffeta a finna. Roeddan ni'n rhy bengalad i gyfadda ein rhan ac mi roedd hi'n rhy hwyr beth bynnag. Cafodd gormod o bobol eraill flas ar rwygo, ac mi roedd y rheiny 'run mor gyndyn o ddeud dim. Hawdd iawn y gallan nhw gadw'n ddistaw, gan fod pawb bellach o'r farn mai ym Mhantywennol roedd y bwgan wedi setlo.

Hen beth brau a gwirion oedd Lisabeth Pantyrhwch, a chyn pen dim roedd pawb yn gwybod am ei hanffawd. Bu Asiffeta'n beth gwirion hefyd os meddyliodd hi am funud y basa hi'n cadw'n dawal. Ro'n i ar dân isio gwybod be'n hollol ddeudodd hi, a cheisiais gael mwy o'r stori gan Huw, ond doedd o fawr callach:

"Gynta ma rhywun yn ei holi, ma hi'n ypsetio a gneud twrw, deud ei fod o'n rhy ofnadwy…"

Ond er nad oedd cyffes Lisabeth yn un gyflawn, bu'n ddigon i adael ei hoel ar y cwarfod gweddi.

* * *

Chwalwyd unrhyw gyfiawnhad dros ddiolchgarwch, ac erbyn noson y cwarfod, roedd pobol Mynytho wedi troi'n filwriaethus. Roedd eu cerddediad ar hyd y llwybyr pen clawdd yn drymach a'u canu'n grochach yn erbyn gwynt ffyrnig mis Mawrth:

"O, Arglwydd, dyro awel,
A honno'n awel gref…"

Ac ar flaen yr orymdaith, roedd John Ifans Pantyrhwch, tad Lisabeth, yn cario homar o groes fawr. Roedd wedi hoelio styllod at ei gilydd i neud arf er mwyn waldio'r bwgan i dragwyddoldeb. Doedd gen i ddim llai na'i ofn o a'i hen groes fawr hyll. Triais feddwl am Iesu Grist, a be fasa Fo'n ei neud. Wannwl, mae'n anodd rhoid eich hun yn sgidia Iesu Grist weithia, a'r unig beth gallwn i feddwl oedd y bydda ganddo Ynta le i fod ag ofn croes John Ifans hefyd.

"… Yr awel sy'n gwasgaru
Y tew gymylau mawr…"

Cofiais Emaniwel a'i wyddoniaeth yn deud bod hyn yn argoeli tywydd teg, a'i bod yn ddechra gwanwyn. Ond doedd emyna, na gwyddoniaeth, na'r tymhora'n ddim yng ngwyneb John Ifans nac yn ei groes na'i wylltineb.

Daethpwyd â'r groes i'r tŷ, a sodrodd John Ifans hi ar bwys y ddresal. Roedd golwg bryderus ar Jôs gweinidog, a dyma fo'n deud yn llywath,

"Dichon nad oes angen y fath eilunod arnom ni, Mr Evans. Rhowch eich ffydd yn ymbil taer ein heneidiau."

A John Ifans yn taranu: "Ymbil taer ddeudoch chi, Mr Jones? Digon hawdd i chi a'ch ymbil. Nid eich hogan fach chi gafodd ei sarhau'n greulon yng ngola dydd. Mae isio crogi'r diawl peth..."

Methodd ddeud mwy na hynna, gwnaeth gylch gyda'i ddwylo ac mi roedd ei dagall yn ysgwyd. Crebachodd y gweinidog fel malwan 'di cael dos o halan, ac wrth iddi basio cwpan a sosar iddo, gwelais Asiffeta'n llyncu ei phoer.

Ac yntau wedi gorffen ein helpu gyda threfniada'r cwarfod, roedd Huw wedi diflannu i rywle ganol y pnawn, ac mi roeddan ni wedi cymryd yn ganiataol na fydda'n ymuno â ni. Ond ar ôl i bawb gyrraedd a dechra ar y bwyd, rhoddwyd sgwd i'r drws a daeth Huw, Robin Fawr a Iestyn Gwirion i mewn gyda chwa o wynt rhewllyd.

Ddeudodd neb yr un gair am eiliad, ac yna, dyma nhw'n dechra sgwrsio drachefn, ond yn llawer tawelach nag o'r blaen. Roedd Iestyn yn suo'n braf ac yn canu,

"Dyma gariad fel y moroedd..."

Dwi'n lecio'r emyn yna pan mae llond capal yn 'i morio hi, ond mi roedd caniad a chariad Iestyn yn debycach o lawar i bisiad.

"Tôn y botel..." meddai Huw wrtha i dan ei wynt, gyda phwniad a gwên rhag ofn nad o'n i wedi dallt.

Gwyddwn yn iawn eu bod nhw'u tri wedi bod yn y beudy'n gwagio'r gasgan ers canol pnawn. Diawlad gwirion. Er bod Huw a Robin yn ddigon derbyniol, ond iddyn nhw beidio â rigian ryw lawar, doedd Iestyn druan ddim ffit i slotian, mwy na faswn inna.

"Dewch i ymgymryd o'r ymborth, frodyr," meddai Jôs, yn rhy neis i'w hordro o'r tŷ. Gyda meddwyn yn ein plith, a hwnnw wrthi'n naddu talpiau mawr o'r cosyn, penderfynodd y gweinidog fwrw mlaen â'r cwarfod.

Gresynodd nad oedd gennym bellach le i ymlawenhau a chydymdeimlodd â theulu Pantyrhwch ac â Lisabeth druan, oedd yn rhy fregus ei chyfansoddiad i ymuno â ni. Ar hyn, rhuodd ei thad a lluchiodd ei mam hances bocad dros ei gwynab. Daeth murmur parchus o gydymdeimlad.

Trodd Jôs at Dduw, gan ofyn am Ei gymorth i ymgasglu ein ffydd i orchfygu'r aflwydd oedd yn heintio'r pentra a'n tyddyn parchus ninna.

Cododd John Ifans ar ei draed wedyn, a thrwy gyfrwng gweddi, aeth i ymhelaethu ar sut i orchfygu'r bwgan:

"Cyfod dy bicwarch a diberfedda'r cythral... Gwasger ei ben diolwg yn nhrap egraf Nanhoron... Stwffied ei berfedd â gwenwyn."

Rhag ofn na fyddai hyn oll yn ddigon, galwodd hefyd am "Sbaddu'r uffar er mwyn atal dylanwad ei epil aflan ar genedlaethau i ddod."

Yna, soniodd am Lisabeth fach; tagodd dros ei henw a dechreuodd grio fel plentyn. Plyciodd Mrs Ifans waelod ei grysbas, ac eisteddodd.

William Richard, Tŷ Newydd gododd wedyn i gydymdeimlo, gan i'w genod ynta brofi aflwydd y rhwygo. Ychwanegodd mai petha drud oedd sgerti genod ifanc i ffarmwr tlawd, a hwytha'n mynnu ar gymaint o ddefnydd a chwmpas. Galwodd ar i Dduw garthu oferedd o blith merched Mynytho, gan nad oedd yn da i ddim ond meithrin pechod.

Roedd golwg ddigon digalon ar wragedd a genod Mynytho ar ôl hynny wrth i'r rheiny boeni na fyddai byth yn saff iddyn nhw gnewian am ddillad newydd eto.

Trodd y gweinidog at y Beibil, a darllenodd am Iesu Grist yn bwrw cythreuliaid o'r hogyn druan oedd yn cael ffitia ac fel oedd yn gymwys wrth wrando ar air Duw, roedd pawb yn dawal.

"Pe bai gennych ffydd megis gronyn o had mwstard, chwi a ddywedwch wrth y mynydd hwn, symud oddi yma draw, ac efe a symudai: ac ni bydd dim yn amhosibl i chwi…"

Ac wrth iddo ddeud hyn, dychmygais y Foel Gron a'r Foel Fawr yn dawnsio gyda'i gilydd ar fy nymuniad, a'r cryndod yn treiddio drwy'r tir nes pery i Garn Fadryn godi'i gopa fel cap a bloeddio.

"Eithr nid â'r rhywogaeth allan, ond trwy weddi…" Stopiodd y gweinidog am eiliad, cyn ychwanegu, "… ac ympryd."

Daeth tuchan drist o'r gynulleidfa, gan mai pobol syml a chyffredin oeddan ni i gyd. Fferrodd y mynyddoedd a llithrodd grym ein heneidia ymaith wrth sylweddoli ein bod wedi byta gormod i allu stumio natur na bwrw cythreuliaid. Ond o ddyfnderoedd anobaith, daeth ryw lun ar wyrth, un nad oedd neb yn ei disgwyl na'i chydnabod. Cododd Iestyn a dechreuodd weddïo:

"O Dduw Dad – madda i mi, nei di? Tydw i 'run fath yn union â'r hogyn lloerig 'na yn y Beibil. Dw' inna 'di disgyn i'r tân a hannar boddi yn y Ffynnon Fyw ar fy ffordd adra… Ac nid cythreuliad sydd yn fy mherfadd i, ond diod gadarn. Dyna chi sut ma'r diafol yn cael gafa'l ar rai ohonan ni. Mae'r diawl yn fy mol i'r funud 'ma, ac yn bwydo ar fy enaid i. A wyddoch chi be 'di hoff ffurf y diafol? Wisgi. Ac mi wn i'n iawn, ges i foliad ohono yn Ffair Pwllheli.

Hen ddynas fudur, o Dduw Dad, a hwrjiodd wisgi arna i ac

a'm llenwodd â'r gwenwyn aflan, nes fy ngneud i'n wirionach peth nag ydw i. Dan ei ddylanwad, doedd aflwydd o ots gen i am ei budreddi hi na 'mhechod inna, ac mi es i'n ôl hefo hi i'w hoewal aflan ym Mhentra Wanc."

Daeth murmur o'r gynulleidfa, gan fod Pentra Wanc yn waeth lle nag uffern.

"Ac yno, Dduw Dad annwyl, y treuliais i'r noson, heb nac enaid na gobaith ymysg y budreddi a'r llygod mawr."

Sut olwg oedd ar ei phais hi, meddyliais. Oedd ganddi bais? Rhen gyduras.

"Wn i'm sut y dois i o 'no'n fyw, na sut dwi 'di gallu byw yn fy nghroen afiach tan rŵan. Ond, daeth Rhagluniaeth â mi yma heno i ganol pobol dda..."

Dechreuodd Iestyn redag allan o eiria ac edrach o'i gwmpas fath â rhywun newydd ddeffro o freuddwyd cas. Baglodd ymlaen, yn swil erbyn rŵan.

"Bobol dda, Duw annwyl, dwi'n crefu maddeuant. Ia, dyna'r oll – isio maddeuant ydw i."

"Diolch frawd," meddai Jôs gweinidog, gan godi a rhoi sgytiad dienaid i'w Feibil, a phawb yn ryw fudr borthi'n syn.

Mae'n siŵr eu bod nhw i gyd yn meddwl, be goblyn ddeuda i wrth Iestyn y tro nesa y gwela i o?

Maddeuant digon cyndyn gafodd yr hen Iestyn, ymhell, bell o'r gras a chariad megis dilyw y canodd amdano. Prin cafodd ddigon i wlychu'i big, na golchi blas y wisgi o'i safn. Wn i ddim yn y byd be – heblaw am gwrw – nath iddo ddeud y fath betha. Ella fod hanas yr hogyn lloerig wedi gneud iddo sylweddoli ei fod wedi cael llond bol ar golli arni yn ei ddiod, ac mai'r unig ffordd allan ohoni oedd colli arni drwy weddi. Debyg bod y cradur yn chwilio am ryw fath o ryddhad mwy parchus. Er 'swn i'm yn deud ei fod wedi mynd o'i chwmpas hi'r ffordd ora chwaith.

Parhaodd y cwarfod am dipyn wedyn, ond rhyw bentyrru geiria wnaeth pawb ar ôl hynny. Roedd fel petai Iestyn wedi agor y drws i'r ddynas fudur o Bentra Wanc, a honno'n tynnu ar wead ein meddylia ni i gyd, ac yn crefu:

"Wnewch chi ddim prynu dropyn o gysur i mi ar noson oer?"

"Wnewch chi ddim aros...?"

Ac ar ôl i Jôs ofyn am ras ein Harglwydd, dechreuodd pawb ei throi hi. Huw a Robin aeth gynta, yn llai o jarffod erbyn hynny, gan wthio Iestyn o'u blaena. Daeth John Ifans at Mam ac Asiffeta i ddiolch iddyn nhw am gymryd gofal o Lisabeth yn ei helynt, ac Asiffeta'n sbio i lawr yn wylaidd, ond sylwais bod ei dyrna wedi cau yn dynn.

"Well i chi fynd â'r groes 'ma 'nôl hefo chi..." meddai Mam, gan ei bod yn beth blêr a hyll i sefyll wrth ochor y ddresal.

Ond wir, mi roedd John Ifans yn mynnu mai ym Mhantywennol oedd ei lle hi, a gwasgodd law Mam fel tasa fo'n gadal trysor ar ei ôl. Ar ganol yr hawddgarwch, daeth ebwch oedd yr un mor sgytiol, ond llai annisgwyl na gweddi Iestyn:

"Tin fy nghlôs i!"

Rolant Cremp gafodd hi'r noson honno, ac er i sawl un ddeud ei fod wedi dod mewn trowsus hen a di-raen, roedd 'na gymaint bob mymryn yn fodlon credu bod hyn yn brawf pellach nad oedd neb a wisgai ddilledyn yn saff yng nghyffinia Pantywennol.

12

DWI ’DI MEDDWL ganwaith pam mai bwgan roddwyd yn enw ar ryfeddod y rhwygo. Mae o’n ryw air digri rywsut, un sy’n golygu dim na chodi ofn ar neb ond ar blant bach. Mae ’na ddigon o enwa hyllach: cythral, diafol, ysbryd, ellyll. Daw’r rhain i gyd o uffern neu o’r fynwant, ond does gan fwgan ’run cartra amlwg. Mae o’n stelcian mewn corneli neu yng nghefn meddylia pobol, yn barod i ragod. A gan ei bod mor anodd gosod bwgan mewn unrhyw le penodol, dichon y bu’n gysur i bobol Mynytho ei leoli o fewn cwmpas Pantywennol.

Roedd rheswm a synnwyr yn deud wrtha i nad oedd ’na fwgan. Nad oedd dim tu ôl i’r holl helynt ond ysfa pobol – a finna hefyd – i rwygo a dychryn. Ac eto, dechreuais deimlo weithia bod ’na ryw dryblith annaturiol yn ein meddiannu ni i gyd. Ac er nad oedd yn endid, roedd ganddo’r grym i’n gwasgu ni ac i newid lliw a blas ein bywydau.

Dechreuais deimlo fel hyn ar ôl y trydydd cwarfod. Bu’n hen gyfnod unig, a ddaeth neb ar ein cyfyl ni am hydoedd. Roedd fel petai Pantywennol wedi cael ei rwygo o’r tir ac wedi llithro i ganol môr mawr, er bod pob man yn edrach ’run fath ag o’r blaen. Doedd croes John Ifans ar bwys y ddresal fawr o help i’r un ohonan ni. Doedd hi’n ddim ond rhyw hen atgof bod ein cymdogion wedi’n gadael ni ar drugaredd Duw – fath â’r meirwon.

Ymhen hir a hwyr, daeth Huw draw hefo dau ffesant. Wannwl, mi ro’n i’n falch o’i weld o erbyn hynny.

“Rhag dy gwilydd di, Huw Wilias Crydd,” meddai Mam,

"yn meddwi'r hogyn gwirion 'na nes na wydda fo ddim be oedd o'n ddeud."

Ond dyna'r oll ddeudodd hi, gan fod gweld Huw yn ymweld â ni yn dod â'r un rhyddhad iddi hitha drwy gydnabod ein bod ni'n dal ar dir y byw. Anwybyddu fo nath Asiffeta, ac mi roedd hynny'n ymatab mwynach na'r disgwl ganddi hitha hefyd.

"Dach chi isio i mi roi wyall yn honna i chi gael coed tân?"

Stumiodd Huw at y groes, yn methu neud digon i'n plesio ar ôl trafferthion y cwarfod.

"Fiw i ti," meddai Mam, "Gad hi lle ma 'i."

Ac wn i ddim os mai ofn ac unigrwydd oedd wedi 'mhwnio inna at ofergoel, ond teimlwn yr un fath â Mam. Neu ella mod i 'di cael digon o gapal i gredu bod angen awdurdod uwch na Huw cyn cymryd bwyall at groes.

Roedd mynd i'r capal yn bwysicach nag erioed i Mam erbyn hynny, er nad oedd yn dod â llawar o gysur iddi chwaith. Awn inna hefo hi'n gwmpeini. Ac ar ôl y gwasanaeth, byddai pawb yn hel yn gylchoedd bach i siarad yn selog am rwbath neu'i gilydd, fel nad oedd raid iddyn nhw ddeud dim ond, "Da boch chi, Gwen Ifans… Elin…" wrth i ninna ei throi hi'n dawal am adra. Ac wedi cyrraedd y llwybyr pen clawdd a cherddad chydig o gama, byddwn yn meddwl, tybad ai dyma lle mae'r bwgan yn dechra a 'sgwn i pa mor bell o Gefndeuddwr mae o'n gorffan?

Daeth plant y pentra i wybod am y bwgan, ac mae'n siŵr bod eu rhieni wedi gweld y peth yn fendith ar y cychwyn:

"Watsia dy hun ne mi neith y bwgan dy ddal di."

Ond yn hytrach na swatio yn tŷ yn ufudd, taniodd y bwgan ryw ysfa ynddyn nhwtha hefyd.

Byddan nhw'n sgrialu ar hyd y llwybyr pen clawdd ac yn cuddio yn y coed tu ôl i'r beudy a gneud y nada mwya ofnadwy. A gyda'r nos, a ninna yn tŷ yn trio setlo, roedd fel petai 'na heidia o fytheid yn ein gwawdio. Udo a sgrechian oeddan nhw gan amlaf, neu gneud twrw gwdihŵ. A drwy watwar byd natur fel 'na, roeddan nhw'n gneud i ninna deimlo'n bod ni bellach yn alltud o bob dim oedd i'w wneud â natur.

Os oedd Huw acw, byddai'n mynd i'r cowt a bloeddio.

"Ewch adra'r diawlad!"

Triais inna neud yr un peth unwaith, ond ddaru nhw ddim ond chwerthin am fy mhen i. Dim syndod chwaith, a finna mor fach, ac yn fawr hŷn na nhw. Rhyfadd meddwl 'mod i'n ddigon tebyg iddyn nhw fy hun chwe mis yn gynharach, yn codi bwganod yn beudy hefo Huw.

Gan i'r cwarfodydd gweddi droi'n fwrn arnon ni, a phrofi'n ddim ond cyfrwng i'r bwgan fynd drwy'i betha, gwelodd Huw ei gyfla i gael y blaen ar Jôs gweinidog. Cafodd afael ar Ddewin Cil Haul a chynigiodd dalu am ei wasanaeth.

"Fedar Dewin ddim dod â phobol i'w synnwyr na chael gwared ar blant afreolus," meddai Asiffeta.

Ond crefydd oedd ar feddwl Mam, a be fasa Mr Jones ac Emaniwel yn ei feddwl ohonan ni. Am unwaith, wyddwn i ddim be fasa Emaniwel yn ei feddwl. Roedd o'n rhy bell i ffwrdd rywsut, yn ista ar fynydd o gachu gwylanod, hefo merchaid mewn fêls duon yn llefain arno. Ond gwyddwn na fasa hyn wedi digwydd o gwbwl tasa fo adra, neu'n gneud ei rownds o gwmpas Ynysoedd Prydain.

Ar ôl noson neilltuol o swnllyd, ildiodd Mam o'r diwedd. Roedd hi'n grediniol erbyn hynny mai plant y pentra oedd y bwgan, ne bod y bwgan wedi meddiannu'r plant. Gallwn weld be oedd ganddi, gan i'r rheiny ddychwelyd adra o bryd i'w gilydd wedi rhwygo'u dillad.

"Does 'na ddim crefydd yn eu crwyn nhw," meddai Mam. "Pa syndod nag ydyn nhw'n ufuddhau Duw? Waeth i ni drio Dewin ddim, os ca i lonydd yn fy henaint."

Ond pwysodd ar Huw forol nad oedd o'n deud gair wrth neb, ne mi fydda'i groen o ar y parad.

Roedd gen i ryw syniad o sut dylia Dewin edrach, doedd o ddim yn syniad pendant, ond roedd yn ddigon i mi ama Cil Haul o'r cychwyn. Meddyliais mai rhwbath tebyg i'r hen ŵr ar flaen llyfr Dic Aberdaron fydda fo, hefo locsyn a gwisg hir, ne rwbath tebyg i Dic Aberdaron ei hun. Ro'n i'n disgwyl locsyn o leia.

Ond doedd gan Cil Haul 'run locsyn, 'mond hen wynab bach llwyd a het befar fawr. Cerddai fath â chrŷr glas, gan godi'i benaglina tena'n rhy uchal, a gneud y broses o gerddad edrach yn fwy cymhlath nag oedd raid.

Cafodd banad o de a thamad o gacan gymysg, a bu'n cnoi honno hefo'i focha wedi chwyddo a'i geg yn gwingo. Cododd bwys arna i, er dwi'n gwybod bellach mai dyna sut ma rhaid i bobol gnoi pan ma'u dannadd cefn nhw 'di dechra pydru.

"Ddeuda i wrthach chi be sy'n bod misys," medda fo'n bowld. "Y bedol 'na sy gynnoch chi ar y drws. Pedol ceffyl ydi hi, pedol casag sy'n cadw'r Gŵr Drwg ymaith. Debyg bod honna'n gneud mwy o ddrwg nag o dda."

Feddyliodd Mam ddim i'w holi sut oedd o'n gwybod mai pedol ceffyl oedd hi. "Huw, dos i nôl morthwl a thynna hi."

Roedd golwg di-fynadd ar Asiffeta drwy gydol y sgwrs, a phan glywodd am y bedol, rhoddodd duchan fach swta, cododd yn sydyn ac aeth i fyny'r grisia. Ddaeth hi ddim i lawr wedyn tan i'r Dewin adael. Ar ôl iddi godi o'r bwrdd, cydiodd Cil Haul ym mhlât gwag Asiffeta, edrychodd arno'n ofalus, ac yn ara bach, tynnodd oddi arno flewyn hir o wallt fy chwaer a'i roi mewn pwrs bach oedd ganddo ym mhocad ei wasgod.

"Be dach chi'n neud hefo blewyn fy chwaer?" gofynnais.

"Paid â bod yn bowld," meddai Mam, fel tasa disgwl i bobol ddiarth bigo blew o bobman.

"Dwi angen mynd â rhywbeth o gorff y sawl sy'n byw yma er mwyn i'r swyn allu gweithio'n iawn. Mi neith hyn sbario chi dorri'ch gwinadd."

Doeddwn i'n lecio dim ar y crinc.

Rhoddodd damad o garpad coch ar lawr a chyfnas â thwll ynddi dros ei ben, goleuodd gannwyll a safodd ar y carpad. Cododd ei freichia i fyny ac i lawr gan sgytiad ei ddwylo, ac yna llafarganu chydig o eiria cyn diffodd y gannwyll. 'Swn i'n deud y gallwn i gael gwell hwyl arni hefo llyfr Dic Aberdaron.

Ar ôl mynd drwy'i ddefoda, rholiodd Cil Haul ei garpad a phlygu ei gyfnas.

"Da boch chi, chewch chi mo'ch trwblo eto," medda fo, heb ddiolch am y banad na'r gacan.

Sbiais arno'n gadal drwy'r ffenast. Mi roedd Huw ar y buarth yn gwitsiad amdano. Gwelais o'n talu, ac aeth Cil Haul i bocad ei wasgod a rhoi rhwbath i Huw. Gwyddwn nad *receipt* am ei wasanaeth oedd hwn, ac na fyddai Huw yn fy mhoeni am swyn serch eto.

Ar ei ffordd adra, pasiodd Cil Haul fwthyn yng nghyffinia'r Efail Newydd, ac wedi iddo basio ychydig lathenni, bu ffrwydrad. Chwalwyd rhan o'r gegin ac ni bu gwraig y tŷ byth yr un fath wedyn. I arbed ei groen, dywedodd Cil Haul ei fod yn cario ymaith ryw ysbryd aflan o Bantywennol, rhywbeth rhy rymus i'w reoli, ac mai dyna nath ddenyg o'r sach a chreu'r fath niwad.

Yn y capal o bobman clywson ni'r stori. Ifan Huws diacon oedd yn gneud y cyhoeddiada'r Sul hwnnw, ac mi soniodd yn sobor bod yna ymhél â'r gelfyddyd ddu…

Tynnodd pawb eu gwynt a sbio ar Mam a finna.

"Rhaid i ni ystyried y sefyllfa'n ddwys cyn dod i unrhyw gasgliad," meddai Huws, a Mam druan yn wyn fel y galchan ac yn crynu, gan fod arni ofn i ni gael ein hel o'r capal.

Ac er nad oedd Huw yn llwyr ar fai, meddyliais amdano ar ei hen din yn trwsio clocsia, heb fymryn o gydwybod, ac yn gwitsiad i Asiffeta ddod draw i Siop Ganol a lluchio'i hun ato. Rhen ffŵl.

13

DOEDD DDIM RHAID i Mam fod wedi poeni cymaint am gael ei hel o'r capal. Daeth Jôs gweinidog draw y bora wedyn am y tro cynta ers y cwarfod gweddi deufis yn gynharach.

"Dwi'n awyddus i dawelu eich meddyliau yn dilyn cyfarfod y diaconiaid neithiwr."

A chyn iddo allu esbonio'n iawn, dechreuodd Mam grio a chwerthin 'run pryd fath â hogan fach.

"Yn amlwg," meddai Jôs yn ddifrifol, "bu wfftio ffyrnig at y fath ffwlbri paganaidd..."

Triodd Mam sobri a brathodd ei hances.

"Ond penderfynwyd, yng ngoleuni amgylchiadau mor unigryw, rhoi cyfle arall i chwi edifarhau a chefnu ar eich gwendid. Dyfarniad y brodyr oedd disgyblu drwy rybudd yn hytrach na'ch diarddel."

"Huw Williams y crydd sydd angen ei ddisgyblu os dach chi'n gofyn i mi," meddai Asiffeta, a Mam yn chwifio'i llaw iddi dewi rhag ofn creu mwy o draffath. "Ei syniad o oedd y Dewin, a fo dalodd am ei hen dricia smala."

Gwenodd Jôs yn rhadlon.

"Dyna beth ro'n i'n ei ama, fy ngeneth i. Gosodais yr union achos ger bron y diaconiaid, gan erfyn am eu cydymdeimlad tuag at eich sefyllfa, yn dair o ferched egwan, yn ceisio gwrthsefyll grymoedd tu hwnt i'ch dirnad a dylanwad yr annuwiol."

Ond gwyddai pawb nad oedd Jôs fawr gwell na Chil Haul o safbwynt gorchfygu'r bwgan na dofi plant y pentra. Mi ddeudodd

Huw wrtha i bod plwyfi eraill yn gneud hwyl am ein penna ni, ac yn sôn nad oedd cwarfodydd gweddi Mynytho'n fawr gwell na syrcas, gan ei bod hi mor fain arnon ni am fymryn o hwyl. Ella basa syrcas go dda hefo llewod ac eliffant wedi gneud mwy o les i ni na dim yn y pen draw.

Wrth fân siarad hefo Asiffeta a Mam, llaciodd osgo Jôs, a bu'n chwerthin a phaneidio'n braf a brolio'r gacan, tan i Mam ofyn yn sydyn,

"Sut gawn ni warad o'r bwgan, Mr Jones, a'r plant drwg 'ma'n brwylio, a'n cadw ni'n effro?"

Edrychodd Jôs yn reit annifyr, gan ei fod wedi anghofio'r bwgan a'i bwrpas o ddod draw i'n cosbi. Yn ei ddryswch, awgrymodd ymyrraeth rhywun mwy profiadol:

"Deallaf y bydd Kilsby'n dod i Bwllheli yn yr wythnosau nesaf, a chaf air gyda'm cyd-fugail, Jones Pwllheli ynglŷn ag ymestyn gwahoddiad iddo ymweld â chwi."

Roedd Mr Kilsby Jones yn yfflwn o bregethwr mawr, un o'r goreuon ymhlith yr Annibynwyr. Byddai taran ei lais yn ddigon â gneud i'r bwgan grynu, a mwynder ei eiria'n smwytho ein pryderon ac yn ein grymuso i wrthsefyll yr holl ddigwyddiada annaturiol. Ond ar ôl yr holl fynd a dŵad, mae'n rhaid i mi gyfadda 'mod i'n eitha amheus.

Ychydig yn ddiweddarach, cafwyd gair gan Jôs bod Kilsby yn styriad helynt Pantywennol yn fater diddorol dros ben a'i fod yn awyddus i'n cwarfod, a dod â chysur i ni yn ein trybini.

* * *

Ar bnawn Sul poeth yng nghanol Gorffennaf daeth Kilsby i'n gweld, a ninna'n cnoni yn ein dillad gora. Es i a Mam i'r capal yn y bora, a phawb yn sobor o glên, gan i Huws gyhoeddi fod

Kilsby ar ei ffordd i'n gweld ni. Tua chanol pnawn, a ninna heb fyta dim, cyrhaeddodd y bobol ddiarth: Kilsby, Jôs a Jôs Pwllheli.

"Kilsby, Jones & Jones – fath â ffyrm o dwrneiod, myn diawl i," meddai Huw, ond aeth hynny ddim i lawr yn rhy dda, gan ei fod dal odani hefo ni ar ôl y busnas Cil Haul.

Roedd Kilsby wedi bod yn pregethu ym Mhwllheli, ond wn i ddim ai ar gart ynta ar gefn ceffyl y doth o. Yr olwg gynta ges i ohono oedd rhwbath du'n dod trwy'r deiliach bob ochor i'r llwybyr pen clawdd, ac yna dau o betha duon erill hyd hwch ar ei ôl o. Cerddai Kilsby'n gyflym hefo'i ben i fyny, a'i gêp fawr ddu yn chwifio rownd ei sodla.

"Henffych!" medda fo, fath â ci mawr clên yn cweithi ar rywun.

A dyma finna'n stumio at yr ystol a deud fel deudodd Mam wrtha i: "Plîs defnyddiwch yr ystol 'ma, Mr Kilsby, mae'n anrhydedd eich cwarfod chi."

Roedd Asiffeta'n gwitsiad wrth y drws ffrynt, a gwyddwn y byddai'n flin mai fi gafodd ei gyfarch o gynta. Ond at Mam yr aeth Kilsby'n syth.

"Mrs Evans fach," a chydiodd yn ei llaw yn dyner a rhoi o-bach iddi gyda'i law arall, nes i Mam druan fynd i'r pot wrth gael y fath sylw.

Ac er bod Kilsby'n ddyn smart a phwysig, welais i 'rioed neb yn gallu gneud ei hun mor gartrefol mewn tŷ diarth.

"Ymborth – ardderchog, wir," a sodrodd ei hun wrth y bwrdd. "Dewch frodyr, dangoswch werthfawrhad o haelioni'r teulu bach!"

Llusgodd Jôs a Jôs at y bwrdd i ymuno â fo. Roedd 'na ryw hen olwg sbâr arnyn nhw'u dau, gan fod Kilsby'n ddigon i lenwi unrhyw dŷ ar ei ben ei hun. Doedd fawr o wahaniaeth gan Jôs ni, ond mi roedd Jôs Pwllheli'n hŷn na fo, ac wedi arfar cael mwy o sylw. Edrychodd yn sur arna i wrth iddo fynd at y bwrdd, ac mi ro'n inna bron â marw isio gneud stumia arno fynta.

Ar ôl deud gras a gweddïo am fendith ar ein haelwyd, cafodd Kilsby hanas y bwgan hyd at y cwarfod dwytha. Rhwbiodd ei dalcian a meddwl am funud.

"*Hysteria*," meddai.

Sbiodd pawb yn hurt.

"Ymddygiad afresymol a thanbaid, cyflwr sy'n gysylltiedig â menywod."

A daeth fflach i lygaid Asiffeta, ond trodd ei golwg yn sydyn a thaer at ei brechdan

"Weithiau, gall rhywbeth cyffelyb fwrw dynion yn ogystal, yn enwedig dynion gor-deimladwy a gwan eu meddyliau."

Fath â Rolant Cremp a Iestyn.

"Ond, beth bynnag, mae'n glir i mi mai tangnefedd Duw ac nid *hysteria* sy'n teyrnasu ar yr aelwyd hon."

Gwridodd Mam, ac aeth Kilsby yn ei flaen:

"Os trown ni at y Beibl, gall rhwygo dillad fod yn arwydd o alar..." Rhoddodd Mam duchan fach. "Ond gwelaf, Mrs Evans fach, eich bod chi'n galaru yn y modd gweddusaf."

"Dal yn fy mwrnin, Mr Kilsby, a chudyn o'i wallt o yn fy locad, ylwch."

Yna rhoddodd ochenaid fawr, cystal â deud, dydw i ddim bellach, a dyna sut y dylia 'i fod.

"Purion," meddai Kilsby, ac aeth ymlaen i sôn am achosion o rwygo dillad yn y Beibil.

"Gall gynrychioli gwir edifeirwch, gweler y Brenhinoedd, 1. Neu, wrth gwrs, siomiant, gweler...?" Ac edrychodd ar ei gyd-fugeiliaid.

"Actau, Mr Kilsby!" meddai Jôs ni, a Jôs Pwllheli'n sbio fel bwch arno.

"Ardderchog!" meddai Kilsby, ac wedi rhedag allan o betha i

ddeud am rwygo, aeth ymlaen i holi am deulu Pantywennol.

Mi nath Emaniwel goblyn o argraff arno, a chafodd weld y syrtifficets a llunia'r llonga.

Galwodd Emaniwel yn *self-made man,* gan ychwanegu, "Y *self-made man* ydi dyfodol ein cenedl ni, Mrs Evans."

A Mam yn porthi, er nad oedd ganddi'r un syniad am be oedd o'n sôn.

"A'r *young ladies,*" meddai wedyn, gan wenu'n ddel arnan ni, ac Asiffeta a finna'n methu gwybod lle i sbio, gan fy mod i braidd yn rhy ifanc ac Asiffeta braidd yn rhy hen i gael ein galw fel 'na.

"Mi fyddwch chi'ch dwy yn priodi maes o law?"

"Digon o waith," medda fi.

"Ho! Dyw'r lodes fach ddim am briodi."

Teimlais 'mod i wedi deud gormod a chodais fy 'sgwydda, cystal deud, does gen i ddim ots un ffordd na'r llall.

A chwerthin ddaru Kilsby, a deud y bydda petha'n sgafnu ar ôl i Mam gael gwarad arnan ni.

"Er," meddai wedyn, "gall cyflwr di-briod fod yn un anrhydeddus i'r cyfiawn."

Doedd dim gobaith i mi felly. Ac yn fy myll, dyma fi'n deud, i drio newid y sgwrs yn fwy na dim,

"Mae Kilsby'n enw gwirion, tydi?"

"Wel, y diawl bach!" meddai Kilsby a chwerthin yn braf.

Ond gwelais Jôs Pwllheli'n llgadu Jôs ni, fel tasa Kilsby 'di deud rhwbath o bwys mawr, ac mai diawl mawr o uffern yn hytrach nag un bach o Ben Llŷn o'n i.

"Rwy'n Gilsby yn yr un modd ag yr ydych chithau'n Elin Pantywennol. Enw lle y bûm yn gwasanaethu yw Kilsby."

"Mr Jones dach chi felly?"

"Ie..." meddai, gan ddechra mynd i hwyl, a phwffian chwerthin, "ond mae yna fwy o urddas a sylwedd i Gilsby. Mae'n gwneud argraff, ac mae'n gymaint mwy cofiadwy na Jones." Edrychodd yn ddigon sbeitlyd ar y ddau arall. "Os maddeuwch chi i mi, frodyr," a dechreuodd chwerthin eto.

Cyngor Kilsby mewn perthynas â'r bwgan oedd i gynnal un cwarfod gweddi dwytha, a gneud yn siŵr y tro hwn na fyddai dillad neb yn rhwygo na neb yn ymddangos mewn cyflwr anweddus.

"Gwnaiff cyfarfod parchus a sobor ddisodli unrhyw awydd am gyffro."

A rhoddodd ordors i Jôs ar sut i gymryd *precautions*.

"Ac un peth arall, deulu bach," meddai wrth godi, "cymrwch wared o'r groes hon, does iddi yr un pwrpas ond blerio'r tŷ a'ch hatgoffa o'r sefyllfa anffodus."

Ac am wn i bu'n werth iddo ddŵad er mwyn deud hynna.

"Mae'n ddrwg gynnon ni fod wedi wastio'ch amsar chi fel 'ma, Mr Kilsby," meddai Mam.

Roedd wrth y drws erbyn hynny, a throdd rownd yn sydyn, a'i gêp yn suo gyda'r mosiwn.

"Gwrandewch, bobl annwyl, ni wastiodd neb erioed eiliad yn sgwrsio â'r werin."

Agorodd y drws, a hefo'r gola'n sgleinio tu ôl iddo, chwifiodd ei law a dymuno, "Da boch chi."

Roedd ar ben yr ystol cyn i Jôs a Jôs fynd drwy'r drws. Mi roedd rheiny'n betha dienaid mewn cymhariaeth, a'r ddau yn tin-droi ac yn chwilio am eu hetia.

Safodd y dair ohonan ni'n gwatsiad y tri'n gadal, a Mam fel tasai hi'n credu bod edrach ar gefn Kilsby wedi dod â ryw fendith iddi.

Mi fues inna'n meddwl wedyn be goblyn oedd Kilsby'n feddwl ohonan ni. Oedd o'n ein gweld ni'n betha rhyfadd, tybad? Mae'n siŵr ei fod yn synnu bod Emaniwel wedi gneud cystal, o styriad. Beth bynnag roedd Kilsby'n ei feddwl, mi ffendia rwbath arall i feddwl amdano ymhen dim. Ond gwyddwn y byddwn i'n ei gofio fo llawar hirach na fasa fo'n ein cofio ni. Dim rhyfadd ei fod o mor gartrefol hefo ni.

* * *

Mi sgafnodd petha am dipyn ar ôl i Kilsby ddod i'n gweld ni. Mi ddeudodd fod Mam yn barchus, a'i haelwyd yn disgleirio gyda thangnefedd Duw. A gan fod Asiffeta'n gymaint o un am roid sglein ar betha, cafodd hitha ryw hwb o barchusrwydd hefyd. Y fi ddaeth allan waetha, gan na wnaeth neb fy mrolio fi, a pha syndod, a finna'n ddiawl bach powld. Ond dwi'n dal i feddwl mai mewn hwyl y deudodd Kilsby hynna. Roedd o'n un sgut am hwyl, er mai pregethwr oedd o.

Petaen ni'n gwbod yn well, mi fasan ni wedi anwybyddu be ddeudodd Kilsby'r Sul hwnnw. Ymfalchïo yn ei ymweliad, gneud y gora o'i fendithion ac aros yn dawal i'r plant ffendio rhwbath arall i'w neud ne tyfu fyny. Cofio dim amdano ond ei siâp yn erbyn y gola'n dymuno 'Da boch chi'. Ond, mi roedd Jôs ar dân am gwarfod arall, ac yn hel ei draed 'cw pob munud i neud yr *arrangements.*

Tra oedd o yn y tŷ yn berwi am emyna hefo Mam ac Asiffeta, mi lusgodd Huw a finna'r groes i'r beudy. Malodd Huw hi'n siwrwd, fel tasa fo'n cymryd wyall at ben Jôs. Jôs fyddai'n trefnu o hynny mlaen, a chafodd Huw ei wahardd o unrhyw gwarfod arall ym Mhantywennol. Dwi'n cofio meddwl wrth weld Huw yn waldio'r groes ac yn melltithio Jôs dan ei wynt mai arno fo oedd y bai, yn gwrthod meddwl a methu styriad ac yn gneud hwyl am ben Iestyn a'r Annibynwyr. Tydw i ddim mor siŵr bellach. Ella mai Huw oedd yn iawn, a gan na all meddwl neb ragweld popeth, debyg ei bod hi'n saffach yn y pen draw peidio â meddwl mwy nag sy raid.

Cymerodd Jôs Gilsby ar ei air, a threfnodd y cwarfod sobra fu erioed. Ddaeth neb ond y diaconiaid a'u gwragedd, a hen olwg dursiog arnyn nhw'n cyrraedd 'cw. Cafodd pawb un panad ac un tamad o gacan, cyn cychwyn ar wasanaeth cyfundrefnus, chwadal Jôs.

Cafwyd gweddi, ac yna, 'Diolch i ti yr hollalluog Dduw', gyda phob haleliwia'n syrthio fel dyrniad o does ar lawr calad. Chlywais i 'rioed ganu cyn salad. Yna aeth Jôs at y Beibil am ei destun. Ond chafodd neb wybod be oedd o, gan iddo agor y Beibil a rhoi gwaedd.

Roedd tudalenna'r Beibil wedi'u rhwygo'n siwrwd, a chwalwyd ein sobrwch. Aeth pawb adra wedyn, a'r oll dwi'n gofio oedd Huws Diacon yn deud wrth Mam,

"Rhaid i ni adael ar fyrder, gan nad yw'r Arglwydd yn ein plith ni heddiw, nac yn y lle hwn."

14

DOEDD 'NA DDIM byd ar ôl i'w rwygo wedyn. Teimlai fel petai'r stori wedi cyrraedd ei therfyn, a ninna'n aros am ddiweddglo. Feiddia'r un plentyn drwg ddod ar ein cyfyl ni ac yn y tawelwch, doedd dim i'w neud ond dehongli argoel pob sŵn:

"Be oedd hwnna? Deryn corff?"

Aeth Mam ddim cam o'r tŷ, ddim i'r capal hyd yn oed.

"Da'i ddim tan i mi weld Mr Jôs, a chael maddeuant."

A hitha heb neud dim i fod angen maddeuant arni. Welson ni'r un golwg o Jôs, wrth gwrs. Roedd Huw yn ddigon triw, ond mi roedd ynta'n ofnus erbyn hynny. Doedd gan hyn ddim i'w neud â rhwygo'r Beibil na be oedd pobol capal yn ei feddwl. Ofn plismyn oedd ar Huw.

"Gwatsiwch eich hunan, ma Walters Hwntw wedi bod yn holi amdanach chi."

Doedd dim modd peri mwy o ofid i Mam erbyn hynny, ond gwelwodd Asiffeta, ac aeth ei llaw at ei gwddw. Yn y gwely'r noson honno, dyma fy chwaer yn cyfadda ei hofnau i mi.

"Ti'n cofio mynd i Aberdaron hefo Emaniwel a finna pan oeddat ti'n fach? Yn y fynwant, mi soniodd Emaniwel am fedd y dyn gafodd ei grogi am ddwyn dafad?"

"Ydw. Rhen gradur."

"Ti'n meddwl neith Sarjant Walters ein crogi ni?"

Meddyliais fod hyn yn beth gwirion i ddynas yn ei hoed a'i hamsar ddeud.

"Ddwynaist ti 'rioed ddafad, naddo?"

Ddeudodd hitha ddim, ond cysgodd yn sâl, ac mi roedd y croen rownd ei llgada fel tasa fo 'di twchu'n ofnadwy erbyn bora wedyn.

Fedrwn i ddim yn fy myw aros yn y tŷ fath â Mam ac Asiffeta, a diolch am hynny, am wn i, neu mi fasa wedi bod yn fain arnan ni am rwbath i'w fyta.

Cyn mynd i nôl negas ryw fora, es am dro hefo Huwcyn yn fy ffedog, ac yn y cae tu ôl i Siop Ganol, gwelais Wilias Plisman. Dwi'n cofio meddwl mor wirion oedd o'n edrach yn cerddad mewn cae fel 'na yn ei ddillad plisman.

"Elin Evans!" gwaeddodd arna i, a gollyngais fy ffedog, a deud,

"Rhed, Huwcyn," heb fawr o feddwl na ddôi o'n ôl ac na welwn i o eto.

Dwi'm yn cofio be oedd gan Wilias i'w ddeud nac a welsai o Huwcyn. Rhwbath am fwgan a helynt a direidi. Sbiais inna at yr adwy lle rhedodd Huwcyn, gan feddwl yn siŵr y byddai'n gwitsiad yno amdana i. Ond doedd o ddim, nac yn yr adwy nesa, na'r un wedyn. Es yn ôl i Siop Ganol a dechra crio.

"Hidia befo," meddai Huw. "Mae'n siŵr ei fod o wedi cael llond bol arnan ni."

Ond doedd dim cysuro arna i, a theimlais mai dyna'r argoel gwaetha. Roedd hi'n fora fy mhen-blwydd a finna'n bymtheg oed.

* * *

Dydd Sul oedd hi bora wedyn, a Mam â'i phen yn ei phlu am na châi hi fynd i'r capal. Argol, mi synnach chi faint o wahaniaeth ma un newid bach i wythnos rhywun yn gallu neud.

Doedd dim hwyl gneud cinio Sul ar Asiffeta chwaith. Cysgodd yn hwyr. Ddaeth hi ddim i lawr grisia tan wedi naw, a fflantian o gwmpas yn ei slipars fuo hi wedyn. Plicio tatws, torri nionyn, cymryd ei hamsar fel nad oedd rhaid iddi ista'n gneud dim.

Daeth Huw draw at ddiwadd bora, ac mi ro'n i mor falch o'i weld o. Meddyliais am funud ei fod wedi ffendio Huwcyn. Ond doedd ganddo fawr o amsar na llawar i'w ddeud. Pwrpas ei neges oedd gadal i ni wybod bod Walters Hwntw ar ei ffordd 'cw.

"Gwatsiwch y diawl, a peidiwch â deud gair." Ac yna, cyn gadal, "Os oes 'na rwbath fedra i neud i'ch helpu chi…"

Fedra fo ddim yn ei fyw fod wedi rhagweld, ac aeth o 'cw'n ddigon swta.

Ychydig wedyn, cyrhaeddodd Walters Hwntw hefo Wilias Plisman a horwth o blisman hyll arall – Huws dwi'n meddwl. Cnociodd y drws yn ddi-baid.

Roedd Asiffeta wedi fferru a golwg fel drychiolaeth arni. Es inna i agor y drws, a daeth y tri i mewn fel bwmbast a sefyll ar ganol llawr.

"Ni 'di dod i resto'r bwgan," meddai Walters.

"Gymrwch chi banad?" gofynnodd Mam. Wn i ddim ai o arferiad, yntau am nad oedd hi 'di ddallt o'n siarad Sowth.

"Na," meddai Walters heb air o ddiolch. "Gwell i chi ishte, tra y'n ni'n neud *search.*"

Eisteddodd Mam a finna ac wrth basio'r ffenast, gwelais y cart plismyn a hannar Mynytho allan ar y buarth yn eu dillad Sul. Doedd dim symud ar Asiffeta.

"Dewch nawr, Miss – istwch."

Aeth Walters at Asiffeta, a stopio'n sydyn, fel tasa hi 'di codi wal ne rwbath o'i blaen.

"Dewch nawr wir."

Estynnodd ei fraich. Rhoddodd Asiffeta uffar o waedd a dechrau neud stumia hefo'i dyrna. Ciliodd Walters ryw fymryn, a rhuodd fy chwaer, cyn deud dros bob man:

"Chewch chi mo 'nghrogi i – dwi'n mynd i gael babi!"

Roedd ei gwynab hi'n fawr ac yn goch erbyn hynny, a meddyliais inna, Arglwydd, mi fydd o'n fabi hyll.

Ddeudodd Mam yr un gair, ac aeth y gwynt o hwylia'r plismyn. Wydden nhw ddim be i'w ddeud na gneud am dipyn.

"Mlân â'r *search,*" meddai Walters. "Williams, drychwch drwy'r tŷ. Hughes, cerwch chi drwy'r adeilade tu fas. Fe 'na inne watsio'r menywod ma i neud yn siŵr na fyddan nhw'n jengid."

Sut yn y byd faswn i wedi gallu dianc, gyda'n cymdogion lond y buarth a chlawdd i'w ddringo yn y cefn? Cofiais Asiffeta'n fy nal i pan o'n i'n fach, gan wybod yn iawn nad cribo 'ngwallt i oedd gan Walters mewn golwg.

Ar ôl i'r ddau arall fynd i chwilio, dechreuodd Walters gerddad o'n cwmpas ni'n bwysig. Dwi'n meddwl bod Asiffeta wedi eistedd hefyd erbyn hynny.

"Bwganod," meddai Walters, "fi riôd wedi resto bwgan o'r blân… pethe digon tebyg i wrachod, siŵr o fod. Maen nhw'n gweud taw mewn grŵp o dair y cewch chi wrachod."

"Fath â phlismyn,' medda finna, er na wyddwn i ddim yn y byd mawr pam dwedais i hynny.

Drychodd Walters arna i fel tasa fo am 'yn lladd i.

"Ie, gwrachod…" a sylwodd ar Miss Pwsi, oedd yn pendwmpian drwy'r cwbwl.

"Ac wele *evidence* taw gwrachod sydd dan sylw."

Cydiodd yn y gath, a doedd honno'n lecio dim ar gael ei deffro na'i galw'n *evidence.* Rhoddodd gripiad i foch y Sarjant, nes ei fod yn stillio gwaed. Rhegodd ynta a lluchiodd y gath yn erbyn y parad. Tawelodd wedyn, a sefyll wrth y drws yn ffatio'i foch â'i hancas, a finna isio chwerthin am ei ben o.

Yna daeth Huws i mewn:

"*Evidence,* syr. Llyfr codi sbrydion a rasal."

15

AETHANT Â FI i Bwllheli yng nghart y plismyn, yn gwisgo'r ffrog a brynwyd yno. Fe'm hatgoffwyd o'r tro yr aethon ni i gyd yno gydag Emaniwel i brynu dillad, ac mi roedd y cofio'n fy hollti. Feddyliais i 'rioed y byddai cofio'n gallu brifo cymaint, fwy nag y meddyliais y byddwn i byth yn gorfod atal unrhyw atgof o 'mrawd. Feiddiwn i ddim meddwl amdano ac yntau ym mhen draw'r byd gan fod cydnabod ei fodolaeth yn fy rhwygo i a'r byd yn ddau. Os meddyliwn i ormod amdano, efallai byddai'n gwybod rhywsut, a beth fydda diban hynny ac yntau'n methu gneud dim?

Does 'na fawr fedra i ddeud am adeilad y jêl. Doedd o ddim fath â thŷ rhywun, yn llawn petha oedd bia pobol. Mi fasa wedi bod o ryw gysur gallu sbio ar rwbath a meddwl am hwnnw, ond doedd 'na ddim. Dwi'n cofio'r ffenast, dyna'r oll, a chyfrais y cwareli. Roedd 'na un ar bymtheg ohonyn nhw.

Rhoddwyd fy enw i lawr fel *Ellen Evans, female prisoner, aged fifteen,* ac aeth Huws plisman allan i nôl Begw Fawr. Tra oeddan ni'n gwitsiad amdani, eisteddais rhwng Walters Hwntw a Wilias. Roedd Walters yn sgwrsio hefo ceidwad y jêl, eu chwerthin yn llenwi'r lle ac yn fy ngwasgu fi'n seitan.

Roedd ogla cabaits ar Begw Fawr, a golwg di-raen arni.

"*Female prisoner*," meddai ceidwad y jêl, gan stumio ata i hefo'i bensal.

"Dow, tydi'm dau damad," meddai Begw. "Be nath hi?"

"Bwgan Pantywennol," meddai Walters.

"Dow – pwy 'sa'n meddwl? Tyd hefo mi, Bwgan bach."

A gwthiodd Wilias fi at Begw ac aeth honno â fi i stafell foel a chau'r drws arnan ni. Sbiais ar Begw, a hitha arna inna. Roedd hi'n sobor o hyll, hefo hen ddolur annwyd glyb dan ei thrwyn, ond sbiodd arna i'n ddigon ffeind. Roeddwn isio gofyn be fasa'n digwydd, ond fedrwn i ddim. Fedrwn i ddeud yr un gair.

"Mae'r dynion isho chydig o *information*," meddai, gan esbonio y byddai'n fwy gweddus i ddynas neud hyn. Unwaith eto, ddeudes i ddim.

"Ffor ffwt ffeif," gwaeddodd drwy'r drws. "Eis – blw. Hêr – mows. Rŵan, bydd rhaid i mi gael golwg dan dy bais di."

Dechreuais sgrechian dros bob man, a rhoddodd Begw yfflwn o beltan ar draws fy ngwynab, nes i mi rewi'n stond. Dwi'm yn cofio hi'n codi fy sgert.

"No inffesteshyn."

Flynyddoedd wedyn, gofynnais i Emaniwel beth oedd hynny'n ei olygu.

"Dim pla llygod mawr, llau, ac yn y blaen."

"Yndyrdifeloped."

"Anaeddfed, heb ddatblygu."

"Yddyrweis normal."

"Arferol, cyffredin… Elin fach, pam wyt ti'n gofyn?"

Dim rheswm. Dim rheswm o gwbwl.

"Dyna ni," meddai Begw. "Ddrwg gen i orfod dy waldio di fel 'na, ond dwi'n ffendio bod hynna'n 'chosi llai o boen yn y pen draw."

Ac am wn i ei bod hi'n iawn.

Yna, fe'm rhoddwyd i mewn cell ac eisteddais ar fatras ac ogla tebyg i Huw, ond gwaeth arni. Daeth Begw â phanad o de i mi mewn cwpan heb glust a thafall o fara menyn. Yna, fe glowyd y drws. Eisteddais fel 'na tan iddi dw'llu, hefo'r gwpan fudur yn fy llaw, yn chwilio am rwbath i hel meddylia. A thrwy'r amser, roedd 'na siapia mawr yn tyfu yn fy mhen oedd yn nadu i mi feddwl am fawr o ddim. Doedd fiw i mi drio rhoi enwa ar y siapia ne mi fasa 'i ar ben arna i.

Oedd Mam wedi deud y drefn wrth Asiffeta?

Oedd Emaniwel wedi meddwl amdana i ar fora fy mhen-blwydd?

Roedd popeth yn ddiarth a phoenus, a'r dieithrwch yn gneud i mi ama popeth.

Does 'na'm fath beth â bwgan… does 'na'm fath beth ag Elin.

Teimlais fy hun yn llithro hefo golau'r dydd. Roedd lle ro'n i a phwy o'n i cyn freued â llun ar bapur sidan, hefo rhwyg yn ei ganol lle roeddwn i'n eistedd ar y fatras sur. Gan nad oedd gen i ddim i'w wneud ond mynd o ngho', dechreuais ddeud fy stori, yn union fel dwi'n gneud rŵan:

Ym Mhantywennol, Mynytho y'm ganwyd i, bymtheng mlynedd yn ôl…

Ac wedi deud y stori, meddyliais am ddresal Pantywennol, a'r llestri ar y ddresal, a'r gwahanol gracia ar bob un o'r rheiny. Cyfri hwylia'r *Princess of Wales*, cyfri'r rhaffa a meddwl be oeddan nhw'n da, ac os baswn i'n tynnu hon, be fasa'n digwydd? Ond peth fflat a llonydd ydi llun, a ches i fawr o hwyl arni.

Yna, methais feddwl o gwbwl, a theimlais fy hun yn cnocio yn erbyn un o'r siapia oedd yn fy mhen, cilio mewn ofn, a chnocio un arall. A'r rheiny erbyn hynny wedi cledu fel meini, ac yn cleisio fy ymennydd, wrth i hwnnw eu taro'n ddall bost a sgytian rownd fy mhenglog…

"Ac wedi geni'r Iesu ym Methlehem Jiwdea, wele doethion a ddaethant o'r Dwyrain i'w addoli Ef…"

Roedd fy ymennydd yn beth bach, bach fath â phêl ac ni allai, neu ni fynnai sadio ar ddim. Ac wrth feddwl am y môr, es i gysgu.

Mi ro'n i ar long fawr, gydag Emaniwel wrth y llyw, a phobman mor las nes brifo fy llygaid. Roeddwn i'n dawnsio ar fwrdd y llong, ac yn neidio nes bron cyrraedd yr hwylia, ac yn troi yn yr awyr. Roedd y glas a'r hwylia a phren y llong yn troi hefyd, rownd a rownd yn fy mhen.

Byddai Emaniwel yn mynd i lawr i'r crombil bob hyn a hyn, a phan agorai'r ddôr, deuai'r drewdod mwya ofnadwy.

"Be 'di'r ogla melltigedig 'na?" gofynnais.

A'r nesa peth, mi roedd Emaniwel reit wrth f'ymyl i, yn fawr fel roedd o pan oeddwn i'n hogan fach. A dyma fo'n sbio arna i a deud, "Pobol wedi marw."

"Fedrwn ni ddim cael gwarad ohonyn nhw?" medda finna, gan na fedrwn ddawnsio hefo pobol 'di marw dan fy nhraed.

"Rhaid mynd â nhw i ben draw'r byd."

"Pa bryd fyddan ni adra?"

"Elin fach," medda fo, "dan ninna wedi dechra drewi'n barod."

Ac yna deffrais, gan sylweddoli bod y siapia, y meini yn fy mhen yn cynrychioli'r holl betha na allwn byth eu gwneud a phob dim na fyddwn i byth.

* * *

"Wnest di ddim twtsiad yn dy de na dy frechdan," meddai Begw, a rhoi powlennad o lymru i mi.

Argol, mi ro'n i isio bwyd, ond fedrwn i mo'i gadw fo i lawr, roedd pob cegiad yn codi cyfog gwag a hen lafoerion chwerw. Roedd fy nghorff fel petai'n gwenwyno pob tamad o fwyd.

"Ofn sy'n dy neud ti'n foldyn. Mae'r *hardened criminals* yn ei chladdu o'i hochor hi."

Roeddwn isio gwybod be fydda'n digwydd nesa, ond eto, fedrwn i ddeud dim. Tybiais efallai mai Asiffeta oedd yn iawn a'u bod am fy nghrogi fi. Erbyn hynny, roedd pob trallod yn bosib a phob gobaith yn gelan.

Fel tasa hi am fy nghysuro, dechreuodd Begw gribo 'ngwallt i, "I ti gael edrach yn weddus ar gyfer yr ustusiaid..."

Hen ddynion fath â brain oedd y rheiny. Hannar dwsin ohonyn nhw'n eistedd y tu ôl i fwrdd ac arno lyfr Dic Aberdaron, rasal fy nhad a phentwr o ddillad rhacs. Roeddan nhw'n siarad Susnag a finna'n methu dallt eu lleisiau nhw. Doeddan nhw ddim yn swnio fath â phawb arall. Dangosodd Walters y rasal iddyn nhw ac yna'r llyfr. A dyma un ohonyn nhw'n agor y llyfr ac edrach arno fel petai o'n dallt pob gair. Yna gwenodd, a deudodd rwbath wrth y gweddill, a'r rheiny'n chwerthin.

Doedd Walters yn lecio dim ar eu chwerthin a gnath sioe fawr o ddangos y dillad.

Wannwl, mi roedd 'na dorath o ddillad a chymaint o rwygiada. Wyddwn i ddim dillad pwy oedd eu hannar nhw. Sobrodd yr ustusiaid, ac ysgwyd eu penna o weld y fath ddifrod a chost. Ar waelod y twmpath, roedd sgerti Leusa a Mari Tŷ Newydd, a bu'n rhaid i Walters chwilio am y rhwygiada, gan fy mod i 'di gneud job mor dwt.

Rhoddwyd y dillad naill ochor, a dechreuodd un o'r ustusiaid arthio wrtha i, "*Come now, come now...*" a'i hen focha llac yn crynu wrth iddo ddechra colli mynadd.

Rhoddodd Walters sgwd i mi, a llwyddais ddeud, "*I broke with the rasal, and not...*" a gwnes dwrw rhwygo a stumia hefo 'nwylo.

Ac ar ôl i mi gael siarad, fe'm heliwyd i allan i witsiad yn y gell, a hen olwg flin ar Walters, er na ddeudodd o ddim gair. Doedd fawr o wahaniaeth gen i aros, doedd amser yn ddim i mi ar ôl y noson cynt.

"Siapa hi," meddai Walters, ac aeth â fi'n ôl at yr ustusiaid. A dyma'r hynaf a'r hyllaf o'r rheiny – yr un hefo'r bocha llac – yn codi ar ei draed a dechra deud y drefn. Dwi'n cymryd mai deud y drefn oedd o, ddalltais i'r un gair. Doedd ddim rhaid iddo weiddi na waldio, gan ei fod yn gwbod fod genna i 'i ofn o.

Oes ganddyn nhw raff ar fy nghyfar i, tybad?

Edrychais ar Walters, ac mi roedd hwnnw'n sbio ar 'i sgidia.

"Cer gatre – yn ddigon pell o 'ngolwg i," meddai ar ôl i'r ustusiaid fy hel i allan yr eildro.

Adra oedd o'n feddwl?

"Cer," meddai o wedyn. "Dw i ddim moyn dy weld ti 'ma byth 'to, ti'n clywed. Ond weda i hyn wrthot ti, os dei di 'nôl i'r jêl 'ma, yn bendant i ti, chei di ddim gadael ."

Sefais yn stond.

"Mas!" a stumiodd at y drws.

Es inna allan yn syn, heb wybod y ffordd i Fynytho, a gan ama na fydda 'na lawar o groeso i mi adra.

Roeddwn i'n swp sâl a 'mhen i'n gwrthod gweithio'n iawn. Roedd pobol Pwllheli'n mynd o gwmpas eu busnas, a neb yn talu unrhyw sylw i mi. Teimlais inna nad oeddwn i yn yr un lle â nhw a 'mod i 'di gadal tamad helaeth o mi fy hun ar ôl yn y jêl.

Daeth dyn 'di meddwi ata i a gofyn oeddwn i isio fferins. Ella mai ond y meddwon oedd yn gallu 'ngweld i. Ysgydwais fy mhen a rhedag i ffwrdd. Gallwn glywad sŵn fy nhraed, ond fedrwn i mo'u teimlo nhw.

Roedd hi'n dechra nosi pan gyrhaeddais y tyrpeg, a finna heb syniad lle'r aeth yr amser. Edrychais ar y gors, a gwelais grŷr glas. Sbiodd hwnnw'n syth ata i hefo'i hen lygad melyn brwnt.

16

PETH NESA DWI'N 'i gofio oedd bod mewn arch. Roedd 'na bren o 'nghwmpas i ym mhobman. Argol, mi roeddan nhw wedi cael arch fawr i mi, ac wedi morol rhoi rhwbath meddal odana i hefyd, chwara teg. Mae'n rhaid 'mod i 'di marw. Triais weiddi, 'Hei, dwi 'di marw, ta be?' ond fedrwn i ddim.

Clywais leisia'n ffraeo. Pobol yn y beddi nesa, ma rhaid… Ac yna, doeddwn i ddim mewn arch o gwbwl, ond mewn cae, a'i lond o feini hirion a finna'n baglu ac yn taro 'mhen yn eu herbyn wrth drio dod o hyd i'r adwy.

Wedyn, mi ro'n i'n ôl yn fy arch, a chlywais ddyn yn crio, a rhwbath nad oedd yn ddyn na dynas na phlentyn yn gweiddi 'Diawl bach!' drosodd a throsodd.

Weithia, mi fydda rhywun yn agor ochor yr arch. Peth rhyfadd mai'r ochor ac nid y caead oeddan nhw'n 'i agor. Gwelwn ola a phobol yn mynd a dŵad, ond doeddwn i ddim yn eu nabod nhw, na gwbod be oeddan nhw'n neud. Roedd beth bynnag oedd tu allan i'r arch fel ryw fath o sioe *magic lantern,* ond bod saim yn dew dros y gwydr a'r gannwyll tu cefn yn ffrwtian.

Dechreuais sylweddoli nad o'n i wedi marw pan ddaeth rhywun i 'mwydo fi. Yn dyner, fe'm codwyd ar fy eistedd, a chyda llaw dan fy mhen, tolltwyd llymru i lawr fy ngwddw, ac yna ces fy ngosod ar wastad fy nghefn unwaith eto. Roeddwn yn ymwybodol o rywun yn siarad hefo mi, ond fedrwn i ddim dallt y geiria nac adnabod y llais. Roedd fel petai rhywun yn siarad hefo mi o dan ddŵr. Ac ella mai o dan ddŵr oeddwn i, a bod haig o fôr-forynion a môr-lafna wedi cymryd trugaredd, a meddwl y byddwn i'n hapusach hefo nhw, a finna'n…

Finna'n beth yn hollol?

Doeddwn i ddim yn wlyb, ond ella na faswn i'n teimlo'n wlyb ynghanol gwlybaniaeth.

Teimlwn fy mhen yn breuo wrth feddwl. Suddais yn ôl, a chael fy hun yn y cae yn taro'r meini. Ond gyda phob tro y dychwelwn yno, teimlwn ron bach yn sicrach y byddwn yn deffro unwaith eto, neu ddod o hyd i'r adwy.

Un diwrnod, gwawriodd arna i ei bod yn ddiwrnod newydd. Agorwyd ochor yr arch, a gwelais mai ym Mhantywennol oeddwn i, ac mai gwely bocs fy mam oedd yr arch.

"A'n gwaredo ni'n fyw!" meddai Mam. "Emaniwel, tyd yma," a rhuthrodd fy mrawd ata i.

Wannwl, mi roedd yn braf ei weld o, a basa'r un ots gen i pe bawn i wedi marw go iawn os oedd o hefo mi. Dyma'r ddau yn fy nghofleidio fel petha gwirion, a finna'n llipa fel dol glwt. Yna, dyma nhw'n cofleidio ei gilydd a hefru crio. Sbiais i lygaid Emaniwel, a'r oll y gallwn ddeud oedd, "Huwcyn!"

Anghofia i byth y siom oedd ar wyneb fy mrawd, a hynny ynghanol ei lawenydd. Ac ni fedrwn drystio fy hun i ddeud yr un gair am amsar hir wedyn.

Yn raddol bach, dysgais feddwl cyn siarad. Cychwyn hefo, ia… da… diolch… Geiriau'r edifeiriwr. Ac yn ara bach, gwasgais fwy a mwy o eiria allan, er mwyn casglu'r holl ddarnau at ei gilydd.

Yr hen gertmon o Rhiw welodd fi ar bwys y lôn ger y tyrpeg. Nabododd fy ffrog felfat o'r Dolig cynt pan ddaeth ag Emaniwel adra o'r môr. Daeth â finna reit at ddrws y tŷ, chwara teg iddo.

Ar ôl chydig wythnosa o fod o gwmpas fy mhetha, mentrais ofyn i Mam,

"Lle ma Catrin?"

Doeddwn i ddim yn siŵr ai breuddwyd oedd y babi, ac felly, arhosais tan i Emaniwel fynd allan, er mwyn sbario'i deimlada. Dechreuodd Mam ryw fudur wingo, ac atebodd, "Mae dy chwaer wedi priodi."

"Huw?"

"Ia, Huw."

Pwy arall gymera hi? Ond gwyddwn bellach pryd i gau fy ngheg.

"Sut ma'r babi?" ac aeth Mam i'r pot.

"Ma hi 'di colli'r babi."

"Doedd 'na ddim babi, nac oedd, Mam?"

"Nac oedd."

A dyna'r oll oedd angen i mi wybod.

Meddyliais am Asiffeta'n byw hefo Huw yn Siop Ganol. Ella'i bod hi'n ddigon diolchgar o gael ei hachub o'i chywilydd rhuslyd, a gwyddwn fod Huw yn rhy ddwl i sylweddoli faint oedd hi'n ei gasáu. Mae'n siŵr ei bod wedi'i siarsio i gadw'i hun yn lân a pheidio ag yfed, a rhyfedd meddwl am Huw yn parchuso yn sgil gwarth fy chwaer. Cawsant bedwar o blant yn y pen draw. Er, dyn a ŵyr sut.

Roedd hanas fy mrawd yn fwy annelwig. Rhuthrodd o Beriw, gan dorri ei *gontract* hefo'r cwmni llonga.

"Tydi o ddim yn lecio sôn am y peth," meddai Mam yn dawal.

Ac felly, ddeudes inna ddim, ond gwerthfawrogi ei gwmni a'i gadernid, a finna'n wantan a diamddiffyn fath â rwbath newydd ei eni. Flynyddoedd wedyn, gofynnais iddo sut le oedd Periw.

"Uffern ar y ddaear," medda fynta, gan ychwanegu na welsai erioed y fath greulondeb nac anobaith. Ei unig resyn, heblaw ei fod wedi mentro yno yn y lle cyntaf, oedd ei fod yn gwybod bellach fod y fath betha'n digwydd dan yr un lloer ag sy'n sgleinio ar Bantywennol.

Anghofiodd yr hen gradur mohona i drwy'r misoedd dyrys ym Mheriw. Ac er mai mymryn o hwyl oedd y sôn am ddod â lama i mi, ni ddaeth yn ôl yn waglaw. Un bore, daeth ataf hefo deryn rhyfadd ar ei ysgwydd. Roedd hwnnw'n fflam goch hefo bachyn o big twt.

"Am ddifyr. Be ydi o?"

"Parot," meddai Emaniwel, a rhoddodd gneuan iddo, ac un arall i minna gael ei fwydo.

Sbiodd y parot arna i hefo'i ben ar un ochor wrth i mi estyn y gneuan ato. Cymerodd hi o'm llaw hefo'i droed, a'i rhoi yn ei big heb siglo dim.

"Am beth bach clyfar," medda finna.

"Mae o'n glyfar iawn," meddai Emaniwel. "Mae o'n gallu siarad hefyd."

"Iaith pobol Periw?"

"Naci, Cymraeg."

Rowliais o gwmpas y gwely bocs yn chwerthin. Ac yna, siaradodd y parot, "Diawl bach!"

Fferrais am eiliad, a dechra crio, gan i mi gofio Kilsby'n deud yr un peth, a Jôs Pwllheli'n sbio ar Jôs ni, cystal â deud, mae 'na rwbath mawr o'i le ar yr hogan 'ma. Gwyddwn i sicrwydd bellach eu bod yn iawn, ac na fyddwn i byth bythoedd 'run fath â phawb arall.

"Elin fach, be sy'n bod?" gofynnodd Emaniwel. Ond fedrwn i ddeud dim na rhoi'r gora i grio.

"Sglyfath peth. Ddeudes i wrthat ti am beidio dod â fo'n agos at y tŷ."

Gafaelodd Mam yn y parot hefo'i dwy law, gan wasgu ei adenydd bach yn fflat, a gneud iddo sgrechian dros bob man. Aeth allan o'r tŷ, gan ei gario hyd braich o'i blaen, a welais i mohono wedyn.

Roeddwn i'n poeni'n ofnadwy am y parot druan, ac yn ama

fod Mam wedi mynd â fo i Siop Ganol er mwyn i Asiffeta ei roi yn popty yn swpar i Huw.

Ymhen hir a hwyr ges i'r stori gan Emaniwel. Aeth Mam â'r parot i waelod y buarth, ei ollwng, ac yna rhedag ar ei ôl, gan chwifio'i breichia a gweiddi, "Shŵ… shŵ!" Ac mi ffliodd ynta i ffwrdd, tan iddo, yn ôl pob sôn, gyrraedd Rhydyclafdy. Ac yno, daeth ryw hen ferch ar ei draws o, a chafodd y fath groeso a thendans ganddi, gan ei bod hitha'n fyddar fel pentan.

Choeliwch chi byth faint o ddifyrrwch a chysur fu hynna i mi.

17

PE BAI RHYWUN yn gofyn i mi, "Be wnest di pan oeddat ti'n ddeunaw, Elin?" fedrwn i'm deud. Godro mae'n siŵr, a chorddi, gneud ambell i grempog, ond tu hwnt i hynna… y petha dwi'n gwybod 'mod i 'di neud, does gen i 'run syniad. Yr un fath fasa'r atab pe baech chi'n gofyn, ugain? Tair ar hugain? Ac unrhyw oed rhwng un ar bymtheg a chwech ar hugain. Ella fod hynna'n beth digon braf, gweld amsar yn pasio heb gyfri'r blynyddoedd na chofio ryw lawar. Ond yn fuan ar ôl i mi droi'n saith ar hugain, bu farw Mam.

Doedd neb yn disgwyl y peth. Fel deudes i o'r blaen, mi roedd hi'n ddynas gref, yn gallu dringo'r llwybyr pen clawdd heb unrhyw stryffâg a thorri coed cystal ag unrhyw ddyn. Cwynodd o gur pen un bora, ac aeth i'w gwely. Bu'r hen gyduras farw ymhen tridia. Edrychais ar ei hôl hi cystal ag y gallwn, a galwais am y doctor.

"Ella gwnaiff hi dynnu drwodd, ac ella ddim," meddai hwnnw, a doedd hynny'n fawr o fudd na chysur i mi.

Trwy gydol ei gwaeledd bu'n mwydro siarad. Tameidia o'r Beibil, "rhaid i mi bobi… rhaid i mi llnau… Mr Jôs bach…" Ac unwaith, rhoddodd ei llaw ar fy mynwes a deud, "hogan dda". Anghofia i byth mo hynny.

Ar ôl dychwelyd o Beriw, aeth Emaniwel yn ôl at ei hen waith o hwylio rownd Ynysoedd Prydain. Roedd o ym Mhorthmadog pan farwodd Mam, a daeth yn ôl i Bantywennol erbyn diwrnod y cnebrwn. Daeth Asiffeta a Huw draw hefyd.

Drwy'r holl flynyddoedd o odro a chorddi a fu ers fy noson

ym Mhwllheli, roeddwn wedi morol 'sgoi y ddau. Byddwn yn rhedag i'r llofft ne'r beudy pan fydden nhw draw. Fel ryw hen sguthan wirion, chwedl Mam. Wyddwn i fawr o'u hanas nhw tu hwnt i glywed ambell waedd gan y babis, a Mam yn berwi wedyn eu bod nhw'n ddigon o ryfeddod neu'n betha bach clyfar.

Cwrddais â nhw ar ddiwrnod y cnebrwn. Roedd Asiffeta wedi pesgi ac yn ddynas fawr nobl, ond doedd 'na'm 'run graen arni rywsut. Fwy nag oedd arna inna, mae'n siŵr. Roedd y babis – tri ohonyn nhw erbyn hynny – wedi tyfu'n betha mud a rhyfadd, hefo gwyneba mawr cochion. Doeddan nhw'n deud na gneud dim ond cadw'n glòs at Asiffeta, a rhythu arna i. A bu bron iawn i mi ddeud, 'Be sy haru chi'r diawlad bach? Welsoch chi 'rioed fwgan o'r blaen?' Ond wnes i ddim, gan fod Mam yn meddwl y byd ohonyn nhw. Doedd Huw ddim 'di newid ryw lawar.

"Sut hwyl, Elin?" meddai'r hen ffŵl.

"Tydi hi ddim yn ddiwrnod am hwyl, nac 'di, Huw?" medda finna.

Roeddan nhw i gyd yn cario basgedi o fwyd te cnebrwn, a tra oedd Asiffeta'n gosod y bwrdd, fel tasa 'i 'rioed wedi gadal, es inna i fyny'r grisiau i osod fy het. Es yn ôl i'r llofft i'w thynnu ar ôl bod yn y fynwant, ac arhosais yno tan i'm chwaer a'i theulu a'r bobol capal adael.

"Dwi 'di cadw chydig o frechdana i ti," meddai Emaniwel. Roedd yr holl fwyd wedi mynd, heblaw am y crempoga 'nes i'r noson cynt.

"Doedd 'na fawr o fynd ar y rheiny," medda fi.

"Ges i ddwy," meddai 'mrawd. "Dwi'n 'u lecio nhw'n iawn – atgoffa fi o *ship's biscuits*." A dyma ni'n dau yn chwerthin, er nad oedd hi'n ddiwrnod am lawar o hwyl. Yn union fel y Dolig hwnnw ar ôl i ni golli'n tad, soniodd Emaniwel am bres.

"Dwi 'di gneud ewyllys," meddai, a dychrynais inna. "Paid â phoeni, dwi'n iach ac yn gry, a wna i ddim sôn eto."

Eisteddais hefo'm dwylo wedi plethu ar fy nglin, gan sbio ar y llawr. Gyda Mam wedi'n gadal ni, roedd Emaniwel am rannu popeth yn gyfartal rhwng Catrin a finna.

"Mi fyddi di'n *spinster of independent means.*"

"Be 'di peth felly?"

"Hen ferch gefnog, am wn i."

Roedd yn well gen i'r Susnag o lawar.

Roedd Emaniwel wedi styriad popeth, ac wedi gwerthu ei siârs yn y llonga ac am brynu eiddo, gan fod ei dwrna'n deud mai dyna'r peth mwya proffidiol. Byddai'n ymddeol o'r môr, ac yna, byddwn i ac yntau'n symud i dŷ mawr o'r enw Penantigin ochor arall i'r mynydd.

"Be ti'n feddwl o hynna?" Fel taswn i byth yn meddwl anghytuno â fo.

* * *

Bu Emaniwel yn gweithio am hir, yn trio gneud pres i'n cadw ni'n gysurus medda fo, ac felly, bu'n flynyddoedd cyn i ni symud i'r cartra newydd. Roedd fy mhen wedi dechra britho erbyn hynny ac Emaniwel yn glaer wyn.

Hen dŷ oer a thywyll oedd Penantigin, hefo gormod o stafelloedd i'w llnau, ond cawsom hwyl yno. Roeddan ni'n dau fel plant unwaith eto, yn darllan a holi a siarad nes anghofio pwy oeddan ni a lle roeddan ni. Byddai Emaniwel yn darllen *Y Traethodydd,* a phrynai'r *Frythones* i finna, er i mi gwyno droeon mai rwbath fath â Jôs gweinidog oedd yn sgwennu ar ei gyfar o. Dywedodd Emaniwel mai rhyw ddynas o'r enw Cranogwen oedd y Golygydd, a bod honno'n gallu hwylio llonga a darlithio a phregethu. Gwylltiais ron bach, gan deimlo ei bod wedi dwyn fy mywyd a chael gwell hwyl arno na faswn i byth. Yna, triais ddychmygu fy hun mewn pulpud, a dechreuais chwerthin.

Roeddan ni'n dau yn rhydd i wneud beth bynnag oeddan ni isio, ond er ein bod ni fel plant, nid plant oeddan ni, a doedd 'na'm 'run blas ar betha. Weithiau, mi âi Emaniwel allan i bysgota, a gofynnodd i mi unwaith,

"Oes blys gen ti ddod hefo mi?"

"Na," medda finna. Doedd dim awydd gen i fynd at lan y môr hefo fo hyd yn oed. Meddyliais sut beth ydi dal sgodyn. Rhoi tro a phlwc i'r bachyn o'i geg, ac yntau'n gwingo.

"Mae gen i ddigon o waith i'w wneud yn y tŷ…" a'r ddau ohonan ni'n gwybod yn iawn na faswn i'n gneud hwnnw chwaith.

Ddeuai fawr o neb ar ein cyfyl ni, ac mi roedd hyn yn fy siwtio fi'n iawn. Os bydda rhaid i mi fentro allan, byddwn yn sbio i lawr er mwyn 'sgoi pawb. Gallwn godi fy mhen yn y siop, gan fod gen i fodd i dalu, ond waeth i chi ddeud nad o'n i'n bodoli tu allan i'm cartra.

Pritchard y twrna oedd un o'r chydig bobol ddiarth a ddeuai draw i Benantigin. Byddai Emaniwel ac yntau'n siarad am bres a *pholitics*, ac mi fyddwn inna'n gneud panad iddyn nhw. Gan na dwtsia neb yn yr un gacan wedi i mi ei gneud hi, bydda gwraig Mr Pritchard wedi morol gneud un iddo ddod hefo fo. Erbyn hynny, doedd ddim mymryn o gwilydd arna i, a beth bynnag, roedd Mrs Pritchard yn un dda am gêcs.

Ar ôl i Pritchard ac ynta sôn am betha mawr y byd, byddai Emaniwel yn mynd i nôl y *concertina*, a dechra'i chwara, ac yna byddai'r ddau yn bloeddio canu fath â hogia bach. Pan ddechreua'r miwsig, byddwn inna'n agor drws y gegin i'w glywad yn well, a dechra dawnsio.

Unwaith, ac Emaniwel yn dal i chwara'r *concertina*, daeth Pritchard i'r gegin i ofyn am fwy o de, a gwelodd fi'n dawnsio.

"Mae 'na dal ddigon o dân yn eich bol chi, Miss Evans," a

gwasgodd fy mreichia'n fflat, fath â Mam yn dal y parot, a'm siglo o ochor i ochor. Gwingais o'i haffla.

"Gwatsiwch losgi 'ta, Mr Pritchard," medda finna, a 'mherfadd i'n lludw.

Debyg ei fod am gip dan fy mhais i, er mwyn gweld os o'n i'n *normal* ai peidio.

* * *

Es i'r diawl ar ôl colli Emaniwel. Bu'n wael am fisoedd, a dan y fath amgylchiada, mae pobol yn deud, bu'n fendith. Ond fedrwn i mo'i gweld hi fel 'na.

Pan aethpwyd â'r arch o'r tŷ, caeais y drws ar bawb. Roeddwn wedi deud wrth Sgeus y saer mai adra byddwn i'n galaru ac iddyn nhw fynd i'r fynwant hebdda i a halffio'u te cnebrwn lle bynnag y mynnen nhw.

Sbiais arnyn nhw drwy'r ffenast: Asiffeta, Huw a'r penna cochion – cyfrais bedwar erbyn hyn – Pritchard twrna a Wil Abersoch druan yn ei gwman. Pawb yn sbio'n ôl arna inna, gan feddwl, "Waeth i'r hen Elin roi'r ffidil yn to ddim bellach."

Wn i ddim am ba hyd yr arhosais tu ôl i'r drws nac ar be fywiais i. Daeth Huw draw un tro, a dyrnu'r drws fath â bwystfil, nes gneud i mi feddwl ei fod am ei falu.

"Elin," bloeddiodd a churo drachefn. "Agor y drws 'ma'r gloman wirion!"

Ond aros yn fy unman 'nes i, a gneud stumia ar y drws, fath â dynas o'i cho'.

Daeth Pritchard twrna wedyn, yn fwy parchus:

"Miss Evans?" Tap, tap, tap… "Miss Evans fach, rwy'n erfyn arnoch… Beth fasa'ch brawd yn ei feddwl?"

Wyddwn i ddim, roedd wedi marw, neno'r Tad. Dechreuais

grio, a Pritchard yn dal i gnewian. Rhywbryd a rhywsut, rhwng y dagra a'r cnocio, daeth meddylia i 'mhen:

Be os faswn i'n pydru yn yr hen dŷ 'ma ar ben fy hun, a phawb wedi hen anghofio amdana i? Be tasan nhw'n mynd â fi i'r seilam?

Agorais y drws.

"Ylwch, Mr Pritchard, tydw i 'im isio unrhyw hen lol. Bwgan Pantywennol ydw i, a chofiwch, mi fedra i neud yfflwn o helynt i chi a'ch tylwyth."

Syllodd Pritchard arna i fel tasa fo wedi gweld drychiolaeth. Anghofiais fy mod wedi mynd i'r diawl a bod diawl o olwg arna i. Roedd ynta'n rhy hen a gwantan i godi cerpyn, heb sôn am sbio dan sgert neb.

"Miss Evans fach, gadewch i ni fynd i'r tŷ er mwyn i ni gael trefn ar bethau."

A dyna sut y daeth petha i ryw lun o drefn. Symudais i Dŷ Ucha'r Lleiniau oedd yn llawar llai ac yn haws i'w gadw, er na ches i fawr o hwyl arni yno chwaith. Bob mis, daw enfilôp gan A. Pritchard & Son, Cambrian Chambers, Pwllheli hefo fy *allowance.* Wn i'm be i'w neud hefo fo, ac felly byddaf yn cadw ryw fymryn mewn cist de hefo tamad o bapur sy'n deud, 'At fy nghladdu.' Rhoddaf y rhan fwya i Margiad Jones Tanyfron am edrach ar f'ôl i. Morol fod gynna i dorth, menyn, becyn ac amball i datan.

"Dach chi'n rhoid gormod o lawar i ni," meddai honno bob mis.

"Nac dw'n duwch – prynwch jou bach i'r plantos."

18

MAEN NHW'N DEUD mai teirgwaith ar y tro y gneith angau daro. Mari Ifans Llidiart Gwyn wythnos dwytha, Asiffeta'r mis cynt. Gneud i mi feddwl mai fi fydd nesa. Wedi galw yn Nhanyfron oeddwn i pa glywais i am Asiffeta hefyd.

"Glywsoch chi am eich chwaer?" meddai Margiad Jones.

Prin o'n i'n cofio amdani a deud y gwir.

"Well i chi ista."

Ac ar y setl, hefo panad yn fy llaw, cefais wybod.

"Roedd hi'n orweddog ers wythnosa…"

Methu llnau na dim

"Roedd hi'n ddynas nobl."

Oedd wir…

"Rhen gyduras."

"Ia, rhen gyduras."

"Ewch chi i'r cnebrwn, Elin Ifans?"

"Digon o waith," medda finna.

"Mae gen i gôt ddu a het gewch chi fenthyg."

"Dim diolch i chi, Margiad Jôs. Mi arhosa i adra i'w chofio hi."

"Gnewch, siŵr," meddai Margiad, gan rwbio cefn fy llaw, a finna'n deud, 'wel, wel' dan fy ngwynt.

Theimlais i fawr o wahaniaeth ar ôl colli'n chwaer, er mai fi oedd y dwytha o blant Pantywennol bellach. Os teimlais golled o gwbwl, ro'n i fel ryw hen gath a honno'n cnoni heb ddim i hogi'i gwinadd arno.

Sobor o beth.

Ac yna, ddoe, daeth llythyr gan Huw. Nid fod Huw yn ffit i sgwennu llythyr wrth gwrs. Daeth ar bapur A Pritchard & Son, yn llawsgrifan yr hen Britchard, ac mae hwnnw'n ddigon simsan erbyn rŵan hefyd.

Annwyl Miss Evans,

Mi wyddoch erbyn hyn, mae'n debyg, i mi golli fy annwyl briod, eich chwaer, Catherine…

Huw Crydd, myn uffarn i!

Gallwch ddychmygu fy unigedd a'm galar heb ei phresenoldeb ar yr aelwyd…

Does ddim raid i mi ddychmygu unigedd na galar, y diawl gwirion.

… a'r ing o ddidoli ei heiddo, gan wybod na ddaw byth yn ôl i'w hawlio. Yn ystod y gorchwyl pruddglwyfus hwn…

Nid geiria Huw 'di rheina, does bosib.

… deuais ar draws pictiwr a all fod o ddiddordeb i chwi. Darlun ydyw o'r Anne Catherine, sef llong eich diweddar frawd, y Capten Emaniwel Evans. Gwn y byddai fy niweddar, annwyl wraig am i chwi ei dderbyn. Gallaf drefnu i Mr Arthur Pritchard ei anfon atoch, ond gan fod galar yn ein huno ni'n dau, carwn ymestyn gwahoddiad taer i chwi alw draw er mwyn ei gasglu.

Er mwyn i ni gael codi bwganod unwaith eto? O, callia, Huw!

Gobeithiaf eich bod mewn iechyd da, a dymunaf y gorau oll i chwi,

Yr eiddoch yn gywir iawn…

Ac mi roedd Huw wedi rhoi tro ar sgwennu ei enw, hefo *full stop* ar y diwadd fel tasa fo'n waldio hoelan. Ond nid dyna'r diwadd. Mae'n siŵr bod Pritchard wedi mynd i chwilio am enfilôp, ac ar y slei, mi roedd Huw wedi ychwanegu:

Yvi nath valu y Bibil.

Disgynnodd y llythyr o'm llaw, a theimlais inna'n sgafnach na'r papur. Mor ysgafn nes fy mod i'n esgyn, ac yna, mi roedd fel petai rhywun wedi llacio llinynna ryw staes tyn. Gollyngais fy ngwynt. Roeddwn i'n llenwi'r tŷ rhywsut, ac yn llifo i lawr y mynydd.

Sgwennais yn ôl at Huw, yn fy Nghymraeg gora, *care of* A Pritchard & Son:

Annwyl Mr Williams,

Diolch i chwi am eich geiriau caredig, a chydymdeimlaf â chwi yn eich profedigaeth.

Rwy'n rhy hen a musgrell i fentro dros y mynydd bellach, ac ni allaf ymweld â chwi. Byddai'n well gen i petaech yn cadw'r llun neu ei roi i'r plant, er mwyn iddynt allu cofio ac anrhydeddu eu hewythr.

Peidiwch, da chwi, â meddwl fy mod i'n anniolchgar. Chredwch chi byth y fath gysur a gefais o'ch llythyr,

Yn gywir iawn,

Elin Evans (Miss)

Darllenais drwyddo, yn falch nad o'n i wedi sgwennu'r un gair o glwydda. Mi ro i bres i Margiad Jones am stamp, a gofyn iddi ei anfon drosta i.

Rhwygo'r Beibil oedd yr unig ran o'r helynt na fedrwn i sbonio dim arno, ac mi ro'n i wedi meddwl rywsut mai fi oedd yn gyfrifol. Fi, neu rwbath drwg oedd yn rhan ohona i. Cofiais ofyn i Emaniwel un tro:

"Sut beth ydi nofio?"

Wydda fo ddim, doedd o ddim yn gallu nofio.

"Dyna beth gwirion i forwr!"

A dyma fynta'n deud nad oes diban nofio mewn môr mawr, mai'r peth gora, y peth mwya trugarog, yw peidio â stryglo. A dyna 'di'r unig ffordd y gallaf sbonio sut dwi'n teimlo rŵan. 'Mod i 'di rhoi'r gora i stryglo.

Debyg mai peth fel 'ma 'di boddi.

Dwi'n rhyw deimlo hefyd fod y meini yn fy mhen wedi dymchwel ac na fydda i'n eu taro yn fy nghwsg byth eto. Mae'r ffordd i'r adwy'n glir i mi rŵan. Ac yno, mae fy enaid yn gwitsiad amdana i. Peth bychan a chwim yw fy enaid, ac o'i ganfod unwaith eto, gallaf lamu i ben draw'r byd ac yn ôl, os mai dyna fy nymuniad.

Hefyd o'r Lolfa:

'Nofel dditectif glasurol â digon o droeon.'
GERAINT EVANS

BET JONES

Y NANT

Mae llofrudd yn eu plith

y Lolfa

£7.99

CARYL LEWIS

Y GWREIDDYN

'Caryl yw brenhines newydd ein llên.'
BETHAN MAIR

y Lolfa

£7.99

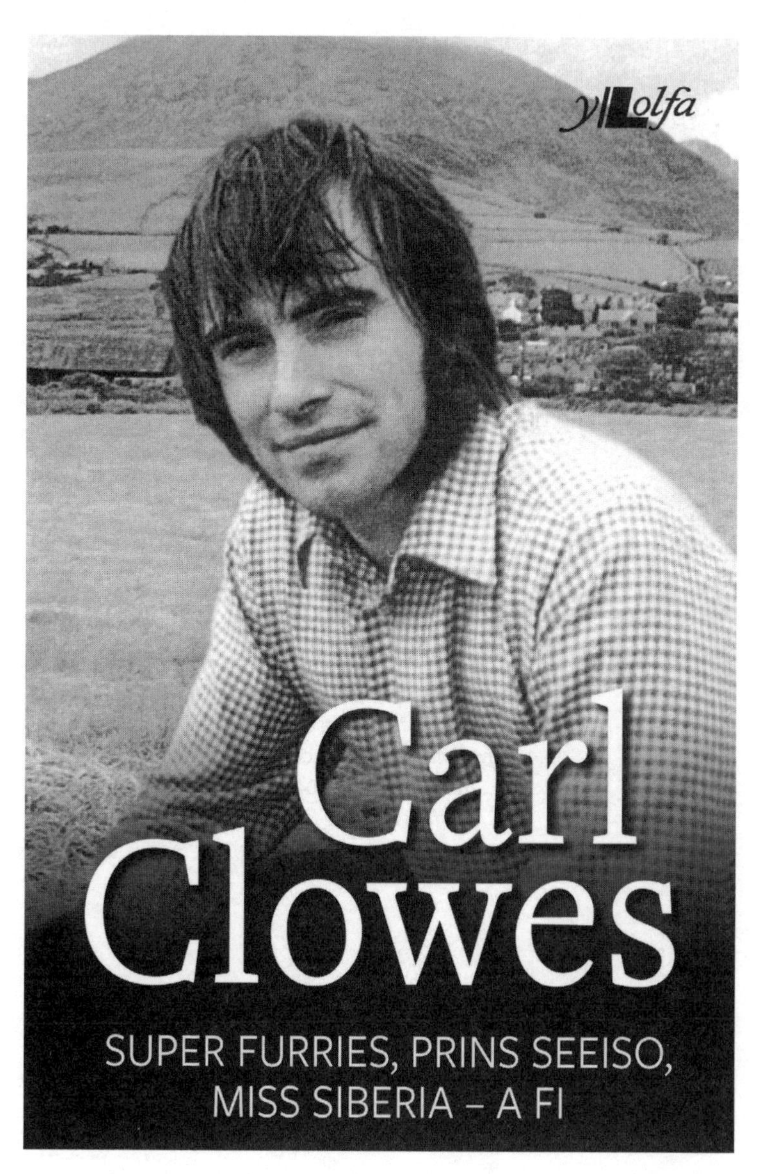
y Lolfa
Carl Clowes
SUPER FURRIES, PRINS SEEISO, MISS SIBERIA – A FI

£12.99

Am restr gyflawn o lyfrau'r Lolfa, mynnwch
gopi am ddim o'n catalog
neu hwyliwch i mewn i'n gwefan

www.ylolfa.com

lle gallwch archebu llyfrau ar-lein.

TALYBONT CEREDIGION CYMRU SY24 5HE
ebost ylolfa@ylolfa.com
gwefan www.ylolfa.com
ffôn 01970 832 304
ffacs 832 782